새로운 세계문학 속으로

트리콘 세계문학 총서 **1**

# 새로운
# 세계문학
# 속으로

보고사
BOGOSA

# 지구화 시대의 창조적 가치를 향해

21세기의 인류는 지구화 시대를 실감하며 살고 있다. 전례가 없을 정도로 경이로운 첨단 과학기술을 등에 업고 동과 서 그리고 남과 북을 자유자재로 넘나들면서 비동시성의 동시성이 현현하는 일상의 혁명을 경험하고 있다. 지구 반대편의 일상을 또 다른 반대편에서 아무런 거리낌 없이 일상으로 체감하고 있는 것이다. 바야흐로 근대와 탈근대의 가치들이 국경이라는 인위적 경계 너머로 이합과 집산을 거듭하면서 새로운 세계의 출현 가능성을 전망하는 시대를 살고 있는 것이다.

그러나 우리는 여기서 근대와 탈근대의 착종 혹은 혼효가 신묘한 자태로 구현되고 있는 지구화 시대의 만화경에 대해 근본적 의문을 던지지 않을 수 없다. 지금, 이곳에서 실현되고 있는 지구화 시대의 가치는 어떤 모습을 띠고 있는가? 근대를 넘어 실현하고자 하는 탈근대의 가치는 어떤 성격을 관찰해야 하는가? (탈)근대를 추구하는 일은 항상 옳은 것인가? 이러한 물음을 둘러싼 시시비비에 일말의 성찰과 혜안을 제공하고자 하는 욕심으로 우리는 비서구의 지혜와 통찰을 벼린 〈트리콘 세계문학 총서〉를 세상에 내놓고자 한다.

한때는 진리와 보편이라는 이름으로 전 세계를 눈부시게 장악했던 구미중심주의가 지금은 다소 옹색한 모습으로 위축되어가고 있다. 혹자는 이러한 현실인식에 동의하지 않을지도 모른다. 하지만 문제의 핵심은 바뀌지 않는다. 구미중심주의가 항상적 혹은 반영구적 진리의 전범으로 인정될 수 없는 한 작금의 아시아와 아프리카 그리고 라틴아메리카가 제출하고 있는 "저 새롭고 놀랍도록 풍성한 서사들의 축제"(소잉카)가 새로운 유형의 근대와 탈근대를 궁리하는 데 나름의 공헌을 할 것이라는 점은 의심의 여지가 없다.

〈트리콘 세계문학 총서〉는 이러한 문제의식을 가슴에 새긴다. 〈트리콘 세계문학 총서〉는 구미중심주의에 기반한 지구화 시대의 가치들이 얼마나 허망한 것인지, 그리고 구미중심주의가 인류의 유일한 보편적 가치라는 주장이 얼마나 왜곡된 편견인지를 밝힐 것이다. 뿐만 아니라 서구에 의해 그동안 주도면밀하게 왜곡되었고 은폐된 비서구의 가치들이 얼마나 소중한 인류의 유산인지도 되물을 것이다. 이를 통해 인류가 추구해야 할 보편적 가치들이 비서구의 문화와 어떻게 결합할 수 있는지를 탐색해볼 것이다. 그러면서 문학을 비롯한 다양한 분야의 담론들을 트리컨티넨탈 관점으로 심문하고 갱신할 것이다. 영미권 중심의 문학 및 문화 담론들이 전일적인 권력을 행사하고 있는 기존 기형적인 관행을 수정하는데도 나름의 공력을 집중할 것이다. 이러한 과정을 통해 아시아와 아프리카 그리고 라틴아메리카가 담론적으로 회

통하고 실천적으로 연대하는 모델을 구축할 것이다. 서구를 배척하지는 않지만, 서구에 함몰되지 않는, 말 그대로 전 지구적 담론들이 수평적으로 화합하고 말을 섞어 다양한 지역과 인종과 언어와 계급과 성차가 조화롭게 유지되고 상생하는 '공생의 불가마'를 건설할 것이다.

이것은 서구의 가치들을 창조적으로 초극하여 아시아와 아프리카 그리고 라틴아메리카와 같은 트리컨티넨탈리즘이 지닌 창조적 가치들을 적극적으로 섭취함으로써 인류에게 잠재된 새로운 유형의 (탈)근대적 지평을 탐구해보려는 의지를 반영한다. 모쪼록 〈트리콘 세계문학 총서〉가 구미중심주의 담론이 '이후' 혹은 '너머'의 모습을 목마르게 찾는 이들에게 소박한 해방구의 역할을 할 수 있기를 기대한다.


2017년 여름
트리콘 세계문학 총서 기획위원 일동

# 목차

01

# 안데스 설화와
# 정복의 트라우마

우석균

● ○ ●

## 우석균(禹錫均)

라틴아메리카 연구자. 현재 서울대학교 라틴아메리카연구소에서 HK조교
수로 있다. 안데스, 근대성/식민성, 세계문학, 마술적 사실주의, 탈식민주
의 등을 연구하면서 세계적 맥락과 한국적 맥락에서 라틴아메리카 연구의
위치와 시사점을 탐색하고 있다.

1532년 11월 16일 프란시스코 피사로가 이끄는 160명의 스페인인들이 오늘날 페루 북부 카하마르카라는 곳에서 잉카 군주 아타왈파를 생포했다. 이 사건은 안데스 역사에서 가장 중요한 사건이다. 그 이전과 그 이후의 역사가 완전히 달라졌기 때문이다. 그날 이후 태동된 새로운 질서에서 선주민들은 사회 최하위 계층으로 전락하여 지금까지 무려 5세기 동안 억압과 수탈에 신음했고, 효과적인 저항도 하지 못했다. 그래서 안데스 선주민들에게 카하마르카 사건은 커다란 한이었다. 그러다 보니 정복에 대해서, 또 정복 이후의 질서에 대해서 곱씹고 또 곱씹게 되었다. 그 결과 자신들이 처한 현실을 부정하고 전복시키는 내용의 독특한 설화들이 탄생했다. 이 글에서 소개할 잉카리 신화(mito de Inkarrí), 「노비의 꿈」(El sueño del pongo), 「학교신화」(El mito de la escuela) 등이 대표적인 사례들이다.


## 잉카리 신화

　　'잉카리'는 '잉카 군주'를 뜻한다. '리'라는 말 자체가 '왕'을 뜻하는 스페인어 단어 '레이(rey)'에서 유래했다. 잉카리 신화는 1950년대 초에 처음 채집되어 1975년까지 페루 안데스 여러 지역에서 15종류나 채집되었다. 그 기원은 최소한 17세기 초로 거슬러 올라가며, 18세기에 접어들어 전 안데스에 광범위하게 퍼졌다. 잉카리 신화가 수백 종에 달한다고 주장하는 학자도 있을 정도다.

잉카리 신화로 인정되는 이야기들은 보통 다음과 같이, 잉카 군주의 잘린 목에서 새로 몸통이 자라나고 있으며, 몸이 완전히 회복되면 최후의 심판이 있을 것이라는 이야기 구조를 지니고 있다.

잉카리의 아버지께서는 태양이셨습니다. 잉카리께서는 많은 금을 가지고 계셨지요.

지금은 쿠스코에 계시다고들 하더군요.

누가 그분을 쿠스코로 데려갔는지 우리는 잘 모릅니다. 그분의 머리를 가져갔다고들 하더군요. 머리만요. 사람들 말에 따르면, 머리카락이 자라고 있고, 도막난 신체가 아래를 향해서 자라고 있다죠. 완전히 회복이 되면, 아마도 심판이 내려질 겁니다.

잉카리께서 죽어 가실 때, 온 천지를 향해 "오, 은과 금이여!"라고 말씀하시자 은이 사라졌지요. "금과 은, 너희들은 일곱 왕국으로 숨을지어다"하고 명령하셨다고 하더군요.

누가 그분을 죽였는지 우리는 모르지만, 아마도 스페인인이 죽였을 겁니다. 그러고는 그분의 머리를 쿠스코로 가져갔죠.

그래서 바닷가의 새들은 "쿠스코에 왕이 계시네", "쿠스코로 가라" 이렇게 노래하고 있답니다.[1]

잉카리 신화가 정복 이후에 생겨났다는 점에서는 이견이 없다. 앞서 언급한 어원 문제 외에도 부활, 메시아, 최후의 심판 같은 성경의 모티브들이 담겨 있기 때문이다. 그러나 이를 가톨릭에 대한 선주민의 정신적 종속으로 단정 짓는다면 단견이다. 잉카리 신화에서 눈여겨보아야 할 점은 잉카 군주가 언젠가 부활하여 스페인인들의 질서를 심판하리라는 메시아적 사상내지 믿음이다. 잉카리 신화는 특히 스페인이 지배한 다른 지역에서는 찾아보기 힘든 신화라는 점에서 그 가치를 인정받고 있다. 예를 들어 아스테카 문명이 있었던 멕시코에서는 정복 후에 아스테카 군주가 부활하여 정의로운 세상을 구현하리라는 내용의 신화가 주목할 만큼 강력한 흐름을 형성하지 못했다.

이야기 구조는 단순하지만 잉카리 신화는 복잡한 과정을 거쳐 탄생했다. 먼저 천년왕국설이 영향을 끼쳤다. 천년왕국설은 중세 때 호아킨 데 피오리(Joaquín de Fiori, 1145~1202)에게 비롯된 것으로 삼위일체설에 대한 새로운 해석이며 일종의 종말론이었다. 구약 시대는 성부의 시대, 신약 시대는 성자의 시대에 해당하니 성신의 시대가 도래할 차례이며, 성신의 시대는 최후의 심판이 내려지고 난 후의 영원한 천년왕국이라는 것이다. 보카치오의 『데카메론』에서도 언급된, 전 유럽을 죽음의 도가니로 몰아넣은 1348년의 흑사병은 천년왕국설이 널리 확산되게 된 계기였다.

흑사병이 잦아들면서 천년왕국설은 자연스럽게 힘을 잃었다. 그러다 다시 새로운 생명을 얻은 곳이 '신대륙'이었다. 여기에는 프란체스코 수도회의 역할이 컸다. 프란체스코 수도회는 '신대륙 발견'을 신이 인류에게 부여한 마지막 전도의 사명으로 인식했다. 이미 알려져 있던 아시아와 더불어 미지의 대륙 아메리카 구석구석까지 가톨릭 포교가 이루어지면 영생의 시대, 곧 영원한 천년왕국의 시대가 도래한다고 믿었다. 그리하여 16세기 동안에만 2,782명에 달하는 프란체스코회 선교사가 신대륙에 건너갔다. 가톨릭 여러 교파 중 가장 많은 숫자의 선교사였다. 물론 그들 모두가 천년왕국설의 신봉자들은 아니다. 그러나 적지 않은 선교사들이 이를 안데스 선주민들 사이에 퍼프렸다고 한다.

천년왕국설의 확산에는 선주민의 전통적 세계관과의 유사점도 작용했으리라고 본다. 구시대의 종말과 새시대의 개막을 동시에 포괄하고 있는 '파차쿠티(pachacuti)'라는 세계관이다. 끝과 시작을 하나로 여기는 세계관이 낯설게 여겨질 수도 있겠으나, 자연의 주기에 민감할 수밖에 없는 농업생산양식이 사회의 근간이었던 시대에 흔히 볼 수 있는 순환론적 우주관의 일종이다. 안데스 선주민들은 계절이 순환하는 것처럼, 이 세상도 언젠가는 생명이 다하고 새로운 시대가 오리라고 믿었던 것이다. 잉카 시대의 종말과 식민지시대의 개막은 그들에게는 파차쿠티였다. 그래서 또다른 파차쿠티가 어서 일어나 식민지시대가 빨리 종식되기를 간구했다. 아니 어쩌면 식민지시대를 새로운 시대가 아니라 잉카 종말기의 끝자락이라고 믿었을 수도 있다. 아무튼, 그들이 처한 현실이 영원불변한 것은 아니라고 믿었고, 그래서 천년왕국설의 예언이 쉽게 먹혀든 듯하다.

그렇다고 하루아침에 잉카리 신화가 생겨난 것은 아니다. 무엇보다도 잉카는 정복국가였다. 오늘날의 복지 제도를 연상시키는 특유의 사회 시스템 덕분에 전성기를 구가하고 있었지만 잦은 전쟁으로 원성도 많이 샀다. 특히 정복된 지 얼마 안 된 타 부족들에게 잉카 군주는 억압자였을 뿐이다. 따라서 잉카 군주를 잔혹한 권력자가 아닌 구세주 메시아로 떠받들기까지는 우선 잉카 시대를 망각할 어느 정도의 세월이 필요했다. 잉카 군주에 대한 적개심이 결정적으로 사라지게 된 역사적 사건은 1572년 빌카밤바에 거점을 둔 저항왕조의 마지막 군주인 투팍 아마루 1세의 처형이었다. 이 사건은 남미를 관장하는 페루 부왕령의 5대 부왕(일종의 총독) 프란시스코 데 톨레도 치하에서 발생했다. 톨레도는 그외에도 식민체제를 반석 위에 올려놓는 업적을 남겼다. 그러나 선주민들 입장에서 볼 때 식민질서의 완성은 더 커다란 불행의 시작이었다. 적어도 이때부터 선주민들은 잉카 멸망과 식민질서를 대재앙으로 인식했다. 잉카 시대의 잦은 전쟁에 대한 기억이 옅어지기 시작했고, 그 무렵의 투팍 아마루 1세 처형은 사회 정의에 대한 공분과 잉카 군주에 대한 동정심마저 불러일으켰다. 이렇게 해서 적어도 1590년대가 되면 잉카 군주를 메시아로 간주할 수 있는 분위기가 어느 정도 형성되었다.

톨레도의 영에 따라 투팍 아마루 1세의 목은 참수, 효시되었다. 잉카리 신화의 상수라 할 수 있을 '목 잘린 잉카 군주'의 모티브는 분명 이 처형에 대한 기억이 반영되어 있다. 그렇지만 잉카리 신화의 목 잘린 군주를 투팍 아마루 1세로 보기는 어렵다. 그는 저항왕조의 마지막 군주였지만, 즉위한 지 얼마 안 된 어린 군주였을 뿐이다. 기억할 만한 업적을 남기지도 못했고 군주로서의 위엄을 갖추고 있었던 인물도 결코 아니었다. 그래서 잉카리 신화의 진짜 모델은 카하마르카에서 생포, 처형된 아타왈파가 아닐까

쿠스코 대성당
여러 잉카리 신화에서 잉카 군주의 목이 묻혀 있는 곳으로 지목된 쿠스코 대성당.

싶다. 아타왈파는 몸값으로 자신이 억류되어 있던 방을 금으로 한 번, 은으로 두 번 채워주었다는 전설 같은 거래를 했지만, 결국 1533년 사형당했다. 그러나 잉카리 신화 내용과 달리 참수형을 당한 것은 아니다. 하지만 그 처형의 목격자는 없는 반면, 투팍 아마루 1세의 참수형은 공개적으로 진행되었기 때문에 숱한 목격자가 있었다. 그래서 아타왈파도 참수를 당한 것으로 기억에 혼선이 빚어진 것이 아닌가 싶다.

이런 추론이 힘을 얻는 이유는 카하마르카 사건이 워낙 중요해서 오늘날까지 정복을 다룬 연극, 선주민 축제, 페루 역사 교과서 등의 단골 소재가 되어 왔기 때문이다. 아타왈파의 죽음을 다루는 연극은 심지어 1555년부터 선주민들을 상대로도 공연되었다. 비록 아타왈파가 죽음을 앞두고 개종을 하는 내용의 가톨릭 포교용 종교극이지만, 아타왈파에 대한 기억이 대단히 강렬하게 선주민들의 뇌리에 각인되었을 테니 잉카리 신화의 주인공으로 그보다 더 적합한 인물도 없다.


## 노비의 꿈

「노비의 꿈」은 페루 소설가이자 인류학자, 그리고 선주민들의 수호자로 이름 높은 호세 마리아 아르게다스(José María Arguedas, 1911~1969)가 리마에서 쿠스코 주 출신의 케추아인(안데스의 최대 선주민 부족)에게 들은 이야기를 1965년 발표하면서 빛을 보았다. 단편소설이라고 해도 충분할 정도로 완성도 높은 민담이다. '노비'로 번역한 '퐁고(pongo)'는 대농장에서 일하는 농노 중에서 차출되어 일정 기간 주인집에서 일하는 이들을 지칭하는 말이다. 원래 농노 신분인지라 당연히 품삯은 받지 못한다. 「노비의 꿈」의 주인공이 바로 주인집에 파견되어 간 선주민이다. 그는 맡긴 일을 묵묵히 잘 수행했다. 그럼에도 불구하고, 주인은 노비의 "겁에 질린 듯한 표정하며 다 닳아빠진 옷가지, 또한 말을 하지 않으려 하는 태도 때문에"[2] 멸시한다. 그리고 급기야는 짐승 취급까지 한다.

　　"넌 개야. 짖어!" 주인이 말했다.
　　그러나 그는 짖을 수가 없었다.
　　"네 발로 기어!" 그러면 주인이 또다시 명령했다.
　　노비는 주인에게 복종하여 네 다리로 몇 걸음 기었다.
　　"옆으로 뛰어, 개처럼!" 대농장 주인이 계속 명령했다.
　　그 사내는 고원지대의 작은 강아지를 흉내 내어 달렸다.
　　주인은 온몸이 들썩이도록 너무나 흡족하게 웃었다.
　　"돌아와!" 노비가 네 발로 뛰어가 긴 회랑 끝에 이르자 주인이
소리쳤다.
　　노비가 옆으로 뛰어 돌아왔다. 몹시도 지쳐 있었다.
　　그러는 동안 노비와 같은 신분의 몇몇 하인은 가슴에 찬바람이
이는 듯 아베마리아 기도문을 천천히 외웠다.
　　"이제 귀를 쫑긋 세워, 비스카차![쥐와 토끼를 섞어 닮은 설치류
동물] 넌 비스카차야!" 주인은 피로가 역력한 사내에게 명령했다.
"두 발로 앉아, 두 손 내밀어!"
　　마치 엄마 배 속에 있을 때 비스카차의 영향을 받은 것처럼 노비
는 비스카차가 기도를 드리듯 바위 위에 가만히 있는 모습을 똑같
이 해냈다.
　　주인은 그를 발로 살짝 걷어차 회랑의 벽돌바닥에 쓰러뜨렸다.[3]

　　그러던 어느 날 노비가 갑자기 주인에게 드리고 싶은 말이 있
다고 또박또박 말한다. 노비가 평소에는 '예, 나리' 정도의 대답
만 겨우 하는 정도였는지라 주인은 내심 놀란다. 아무튼 주인은

청을 받아들이고, 노비는 전날 밤 꿈 이야기를 한다. 꿈에서 주인과 노비가 죽어서 벌거벗은 몸으로 성 프란체스코 앞에 함께 섰다는 것이다. 주인은 자신이 노비 따위와 동등한 상황에 처해 있다는 사실이 불쾌했지만, 이야기가 궁금해서 계속 이야기해보라고 다그친다. 그러자 노비가 성 프란체스코가 내린 지시에 대해 말한다. 아름다운 천사들에게는 영롱한 꿀을 황금 잔에 담아와 주인의 몸에 바르라고 명하고, 한 늙은 천사에게는 휘발유 깡통 속에 인분을 담아와 자신의 몸에 바르게 했다는 것이다. 비로소 주인은 흡족해 한다. 그리고 꿈이 그렇게 끝났는지 묻는다. 이에 노비는 대답한다.

> "아뇨, 주인님. 이젠 서로 다른 모습이 되었지만 주인님과 저는 위대한 성 프란체스코 앞에 다시 같이 섰고, 그분은 우리를 또다시 한참 동안 바라보셨습니다. 얼마나 우리를 깊숙이 들여다보셨는지는 몰라도, 온 하늘을 관장하며 밤과 낮을 하나로, 망각과 기억을 하나로 이어주는 그 두 눈으로 말입니다. 그리곤 말씀하셨습니다. 〈천사들이 그대들에게 해야 할 일은 다 끝났도다. 이제 핥아라, 서로 말이다! 천천히, 그리고 오래도록!〉 바로 그 순간 늙은 천사는 젊음을 되찾았습니다. 그 천사의 날개는 본래의 검은색과 힘을 다시 회복하였습니다. 성 프란체스코께서는 자신의 뜻이 다 이뤄지기까지 감시하는 임무를 그에게 맡기셨습니다."[4]

성 베드로 대신 성 프란체스코가 하늘나라에서 주인과 노비를 맞이한다는 설정이 복선이다. 성 프란체스코는 가난한 이들의 수

호성인이기 때문이다. 그리고 결국 주인과 노비의 신세가 뒤바뀌는 기가 막힌 반전이 일어난다.

이 설화는 근동(近東)의 이야기가 스페인을 거쳐 페루에 들어온 것이라는 주장이 있다. 그러나 기원이 어디인지는 그리 중요한 문제가 아니다. 「노비의 꿈」이 정복 이후 안데스에서 발생한 많은 설화와 공통의 모티브를 가지고 있기 때문에, 기원이야 어찌 되었든 간에 전형적인 안데스 설화로 보아야 한다. 공통의 모티브는 소위 '뒤집힌 세상(el mundo al revés)'의 모티브이다. 앞서 언급한 잉카리 신화도 이 모티브와 긴밀한 관련이 있다. 잉카 군주가 부활하여 세상을 뒤집어버리기를 염원하기 때문이다. 「노비의 꿈」도 이와 유사한 염원을 담고 있다. 내세의 질서는 현세의 질서와 정반대이기를 바라고 있으니 말이다.

휘발유 깡통의 등장은 이 설화가 20세기 현실을 반영하여 변형되었다는 것을 뜻한다. 나아가 20세기에 발생한 설화일 가능성도 배제하지 못한다. 우리는 여기서 식민지시대나 20세기나 선주민들이 처한 현실이 근본적으로 유사했음을 추론할 수 있다. 사실이 그랬다. 19세기 초 독립 후에도 선주민들의 삶은 팍팍했을 뿐만 아니라 여전히 극심한 차별에 시달렸다. 이는 라틴아메리카에서 독립은 식민지 백인이 본토 백인을 상대로 권력을 쟁취한 사건이었을 뿐, 진정한 사회 개혁이 수반된 것은 아니었기 때문이다. 1994년 멕시코 남부에서 소위 사파티스타들이 봉기했을 때, 이 대오에 합류한 선주민들은 "우리는 500년 역사의 산물"이라는 성명서 어구에 전적으로 공감했을 정도이다. 현실이 달라지지 않았

**쿠스코의 코리칸차(태양의 사원)**
잉카 최고의 성소인 코리칸차(태양의 사원)와 그 위에 스페인인들이 세운 산토 도밍고 성당.
선주민들에게 세상은 아직도 '뒤집힌 세상'으로 인식되고 있을지도 모른다.


기 때문에 20세기에도 식민지시대의 잉카리 신화와 이야기 구조
가 유사한 「노비의 꿈」 같은 설화가 변형, 보존되거나 새로 생겨
나 선주민들에게 여전히 강력한 호소력을 발휘할 수 있었다.


## 학교신화

「학교신화」는 인류학자 알레한드로 오르티스 레스카니에레
(Alejandro Ortiz Rescaniere)가 1971년 이시드로 와마니라는 케추

아인 노인에게 채집한 것이다. 선주민 아이들이 학교를 싫어하는 이유에 대한 이야기이다. 오르티스 레스카니에레의 채록 텍스트에는 '왜 우리는 학교에 가기 싫어하는가? 자문해본다'라는 부제가 달려 있기도 하다. 선주민들도 공교육의 대상에 포함시켜야 한다는 주장은 19세기 말에야 처음 등장했기 때문에, 「학교신화」는 그 후인 20세기에 접어들어 만들어진 이야기라고 보면 될 것 같다. 그런데도 1532년 카하마르카 사건과 결부된 정복의 트라우마가 이 신화에 선명하게 담겨 있어 눈길을 끈다.

줄거리는 이렇다. 안데스 최고신에게 아들이 둘 있었다. 흥미롭게도 큰아들은 잉카이고 작은아들은 예수이다. 장자인 잉카는 여러 가지 업적도 남기고, 마마 파차와 결혼해서 자식도 둘을 낳는다. 차남인 예수는 자기 뜻을 펼칠 기회를 별로 부여받지 못한 것처럼 서술된다. 그래서 형의 업적도 질투하고, 형의 대를 이을 조카들의 탄생도 달갑지 않다. 그는 오직 형인 잉카를 이기고 싶을 뿐이다. 예수의 처지를 불쌍하게 여긴 달이 도와주겠다면서 글씨가 적힌 쪽지를 건네준다. 예수는 그 쪽지를 형에게 보여준다. 문자가 뭔지 몰랐던 잉카는 쪽지를 보고 동생에게 뭔가 무서운 속셈이 있다 싶어 멀리 달아난다. 예수는 퓨마들의 도움으로 잉카 추격에 성공했고, 퓨마들은 형이 먹을 것을 구하지 못하게 방해한다. 잉카는 굶어죽고, 예수는 대지모신을 협박해 형의 목을 자른다. 잉카가 죽자, 그가 득세하던 시절 숨죽이고 살아야 했던 냐우파 마추라는 사악한 어둠의 정령이 툭하면 잉카의 부인 마마 파차를 두들겨 팬다. 그러던 중 부모를 찾아다니던 잉카의 두 아들이 냐우파 마추가 사는 곳을 지난다. 그곳 지명이 바로 '학교'이다. 냐우파 마추는 두 아들을 유인해서 잉카와 예수와 친해져서 이제는 함께 산다고 말하면서 증거로 그 내용을 적은 글을 보여준다. 아이들은 기겁해서 도망친다. 그때부터 선주민 아이들은 학교를 싫어하게 되었고, 툭하면 학교를 빼먹는다.[5]

사실 선주민 아이들은 학교를 싫어할 수밖에 없었다. 20세기에 접어들면서 선주민들도 차츰차츰 근대식 교육을 받기 시작했지만, 오랫동안 스페인어로만 교육이 이루어졌다. 선주민 아이들은 스페인어를 모르는 경우도 많았고, 따라서 학업성취가 미진할 수밖에 없었고, 그러다 보니 교사나 동료 학생들에게 지진아 취급을 받는 경우가 다반사였다. 게다가 학교는 사회의 축소판이어서, 사회 최하층인 선주민 아이들은 백인이나 메스티소 아이들에게 따돌림당하거나 천대받기 일쑤였다. 그러나 「학교신화」는 이러한 이성적 설명을 채택하지 않고 엉뚱하게도 문자에 대한 두려움을 선주민 아이들이 학교를 싫어하는 원인으로 지목한다.

그런데 문자에 대한 거부감이 바로 정복의 트라우마에서 비롯되었고, 그 기원이 1532년 카하마르카이다. 프란시스코 피사로가 침입하기 얼마 전 잉카는 11대 군주 와이나 카팍이 사망하고 왕위계승전쟁이 벌어졌다. 승자는 아타왈파였다. 그의 근거지는 에콰도르 키토였는데, 잉카 수도 쿠스코에서 즉위한 와스카르를 생포했다는 보고를 받고 처형을 위해 이동 중에 스페인인들과 처음 조우하게 된다. 피사로는 사신을 보내 만날 것을 청한다. 아타왈파가 거느린 군사는 최소한 3~4만 명에 달했다. 심지어 8만 명에 이르렀다는 주장도 있다. 반면 스페인인들은 160명이었다. 아마 아타왈파는 그 소수의 스페인인들이 자신을 공격하리라고는 상상도 하지 못했던 것 같다. 그래서 요청받은 대로 별다른 대비 없이 약속 장소인 카하마르카로 갔다. 스페인인들은 모두 매복해 있었고 오직 수사 비센테 데 발베르데만 통역 두 사람을 대동하고 아타왈파를 기다리고 있었다. 통역 한 사람은 그보다 몇 년 전 프란시스코 피사로가 해안지대를 탐사했을 때 잡아가서 스페인어를 가리킨 선주민이었고, 또 다른 사람은 어느 정도 선주민어를 배운 스페인이었다. 발베르데 수사가 나선 이유는 기독교, 교황, 스페인 국왕 등에 대해 설명하기 위해서였다. 이는 스페인 왕실이 마련한 정복 수칙 때문이었다. 정복자들의 전횡에 대한 일부 가톨릭 사제들의 문제 제기가 있었고, 이에 따라 왕실이 마련한 수칙이었다. 이에 따르면 정복자들은 기독교 교리와 교황 및 스페인 국왕의 권한에 대해 먼저 선주민에게 설명하고, 그 다음 개종 권유를 하고, 이에 응하지 않을 경우에만 전쟁 개시를 할 수 있었다. 발베르데는 바로 이 요식행위를 위해 나선 것이다.

발베르데 수사는 이 장면에 대한 기록을 남기지 않았다. 하지만, 매복해 있던 스페인인들 중에서 무려 일곱 사람이나 목격담을 남겼다. 대체로 발베르데가 요식행위에 따라 설명을 한 뒤 성경 혹은 기도서를 건넸는데 아타왈파가 이를 내던졌으며, 이를 신성모독으로 간주한 수사의 신호로 전투가 개시되어 그를 생포했다는 것이다. 다만 책을 집어 던진 이유나 과정에 대해서는 서술이 엇갈린다. 그냥 내던졌다, 책을 훑어보고 내던졌다, 책을 펴는 방법을 몰라 짜증이 나서 내던졌다 등등. 그런데 어떤 서술이 역사적 사실에 부합되는지는 별로 중요하지 않다. 어차피 통역이 시원치 않아서 두 사람 사이에 제대로 대화가 되었는지도 의문인 판에, 책을 내던진 아타왈파의 심사까지 목격자들이 어찌 꿰뚫어 볼 수 있었겠는가?

세월이 흐르면서 아타왈파가 책을 내던진 동기에 대한 여러 가지 추측이 대두되었다. 그 중에서도 가장 널리 유포된 것은 이런 내용이다. 발베르데 수사가 기독교에 대해 설명한 뒤 하느님의 말씀이 담겨 있다면서 성경 혹은 기도서를 아타왈파에게 건넸다고 한다. 그러자 아타왈파는 책을 귀에 댔다. 서구식 문자가 없어서 책이 무엇인지 몰랐던 아타왈파였으니 하느님 말씀이 담겨 있다니까 들어보고자 한 것이다. 그러나 성경 혹은 기도서가 말을 할 리 없었고, 아타왈파는 거짓말을 했다고 화를 내면서 책을 땅바닥에 내팽개쳤다는 것이다. 이 내용은 심지어 1860년대의 페루 역사 교과서에 수용되었고, 20세기에 접어들어 상당히 오랫동안 각종 교과서에 재생산되었다. 그렇다면 어찌하여 원래 목격담들에는 없던 이런 이야기가 힘을 얻게 되었을까? 이는 독립 후까지도 페루 공교육이 승자의 시각을 답습했기 때문이다. 스페인인들이 문자도 없고, 책도 없는 잉카인들을 정복하고 지배하게 된 것은 당연하다는 시각이었다. 독립과 함께 권력을 잡은 식민지 백인들 입장에서는 이런 시각의 유지가 지배를 위해 더 유리했기 때문에 빚어진 일이었다. 이는 독립 전쟁이 본토 백인과 식민지 백인의 권력 투쟁이었을 뿐이지 진정한 사회 혁명이 수반된 사건

EL CACIQUE DIXO QUE EL LES DARIA
TANTO ORO COMO CABRIA EN UN

카하마르카
억류되어 있는 방의 손 높이까지 금으로 한 번, 은으로 두 번 채워주겠다고 제안하는 아타왈파.


은 아니었다는 반증이다.

「학교신화」는 바로 이런 맥락에서 이해해야 한다. 이 이야기
에서 예수가 문자를 이용해서 잉카 군주를 축출했다는 대목은
안데스 선주민이 문자를 정복의 도구로 인식하고 있다는 뜻이
다. 그렇다면 20세기의 선주민 아이들이 학교를 싫어하는 이유
는 단지 학업 문제나 인종 차별 문제 때문만이 아닐지도 모른다.
그들에게 학교에 가서 문자를 접하는 일은 어쩌면 정복의 트라

우마를 다시 경험하는 일이다. 다시 말해 그들에게 정복은 과거사가 아니라 학교를 갈 때마다 되풀이 겪어야 하는 현재의 일인 것이다. 문자라는 문명의 필수불가결한 도구마저 거부하는 듯한 선주민들의 태도는 비이성적인 태도가 아니라 정복의 트라우마가 그만큼 크다는 반증이다. 하긴 정복 후 100년이 채 안 되어 인구의 10분의 9가 줄 정도로 인류 역사상 가장 큰 규모의 제노사이드를 겪은 안데스 선주민들이었으니 그 트라우마가 어찌 크지 않았으랴?

주

1) 「잉카리 신화」, 강성식 옮김, 『지구적 세계문학』 2호, 2013년 가을호, 302쪽.

2) 「노비의 꿈」, 신찬용 옮김, 『지구적 세계문학』 2호, 2013년 가을호, 305쪽.

3) 「노비의 꿈」, 신찬용 옮김, 『지구적 세계문학』 2호, 2013년 가을호, 305~306쪽.

4) 「노비의 꿈」, 신찬용 옮김, 『지구적 세계문학』 2호, 2013년 가을호, 309쪽.

5) 「학교신화」, 강성식 옮김, 『트랜스라틴』 19호, 2012, 49~53쪽.
   http://translatin.snu.ac.kr/webzin/user/main/main.php?idx=21.

02

# 라틴아메리카의 망명

조혜진

## 조혜진(趙惠眞)

고려대학교 스페인·라틴아메리카연구소 연구교수. 동 학교에서 중남미 현대문학(아르헨티나 군부독재문학) 전공으로 박사학위를 받았다. 과거 청산과 트라우마 극복을 여성의 관점에서 조명하는 데 연구를 집중하였고, 망명과 디아스포라로 관심사를 넓혀가는 중이다. 그 중에서도 망명과 이주의 고통을 가공·승화시켜서 성장의 힘으로 삼는 모습에 관심을 집중시키고 있다.

# 들어가며

현대 라틴아메리카 문학 흐름의 큰 줄기 중 하나로 망명문학을 꼽을 수 있다. 이는 라틴아메리카, 그 중에서도 남부 원뿔꼴 국가들(Southern Cone)이 1970~80년대에 권위주의 정부라는 공통된 현대사를 경험한 데서 비롯된다. 1964년 브라질에 집권한 권위주의적 정부 이후 우루과이에서는 1973년부터 군사 통치가 이루어졌으며, 같은 해에 집권한 칠레의 피노체트는 억압적 정권을 20여 년간 유지했고, 아르헨티나에서는 1976년 육해공군 수뇌부가 주축이 되어 군부 쿠데타를 일으킨 후 1983년에야 민주주의를 회복했다. 국가가 수년간 조직적으로 전방위적인 폭력을 자행하는 동안 남부 원뿔꼴 국가 출신의 국민 다수가 망명길에 올랐고, 개중에는 문필가들도 다수 있었다. "라틴아메리카 문학사는 망명작가들로 한 챕터가 구성될 것이다"라는 말이 있을 정도로 이 시기에 목숨을 건 망명을 감행한 작가의 수는 압도적으로 많다.[1] 이 작가들의 대열에는 아르헨티나 여성작가 루이사 발렌수엘라(Luisa Valenzuela, 1938~ )와 우루과이 출신의 크리스티나 페리 로시(Cristina Peri Rossi, 1941~ )도 포함되어 있다.

루이사 발렌수엘라와 크리스티나 페리 로시는 공통점이 많은 작가다. 라틴아메리카를 대표하는 여성작가들인 이들은 나이가 엇비슷하고, 1960년대부터 활발히 작품 활동을 했고 현재도 왕성한 필력을 과시하고 있으며, 1980년대 후반부터 본격적으로 연구되기 시작하였다. 이들은 모성애나 가정, 가족관계라는 개인적인

'5월 광장 어머니회'는 아르헨티나 군부독재기간 동안 실종된 이들의 어머니들이 설립한 단체로 아르헨티나 인권운동의 상징으로 여겨진다. 이들은 지금까지도 매주 목요일 오후 3시 5월 광장에서 행진을 벌인다.

영역에 관심을 집중하는 전통적인 여성적 글쓰기를 추구하지 않는다. 오히려 여성에게 전통적으로 부과된 성역할 고정관념에 반기를 들었으며 젊은 시절부터 기자로 활동하면서 남성들만의 영역으로 여겨졌던 분야를 넘나들었다. 그러나 이들의 가장 결정적인 공통분모는, 남부 원뿔꼴 국가에서 유사한 현대사를 경험했다는 점, 자국의 폭압적 상황을 피해 망명했다는 점과, 망명 경험이 인생 역정에서 지대한 부분을 차지한다는 점일 것이다. 루이사 발렌수엘라는 아르헨티나 군부정권의 포학함이 절정에 달한 1979년 신변에 위협을 느끼고 미국으로 망명했다. 그녀는 십여 년 남짓 외국에서 망명생활을 한 후 조국으로 돌아오지만 재적응은 녹록치 않았다. 페리 로시는 1972년 자국에서의 탄압을 피해

5월 광장 어머니회

스페인으로 망명했고, 이후 스페인 프랑코 정권이 우루과이 정부와 협력해 그녀의 여권 갱신을 거부하자 1974년 프랑스로 다시 망명했다. 그녀는 프랑코 정권이 무너진 후 스페인 국적을 얻어 스페인으로 돌아왔고, 우루과이가 민주화된 후에도 본국으로 돌아가지 않았다. 이러한 경험을 바탕으로, 두 작가는 국가와 사회를 포함한 공적 영역에서 여성이 경험하는 것을 표현한다. 즉, 이 작가들은 사회적·정치적 현실이라는 광범위한 집합체에서 배제되었던 여성적 경험을 여성의 관점에서 드러낸다. 그러한 경험 중 이 글에서는 망명으로 인한 경험에 초점을 맞추고자 한다. 망명이 두 작가의 삶에 지울 수 없는 상흔을 남겼을 뿐만 아니라, 두 작가의 작품에 망명경험이 지속적으로 재현되고 있기 때문이다. 두 작가가 기술하는 망명에는 공통점도 있지만 상이한 점들이 적지 않게 발견된다. 이 글에서는 두 작가가 재현하는 망명경험이 각기 어떤 특징을 띠는지 살피고자 한다.


아르헨티나 작가
발렌수엘라의 작품에 나타난 망명

망명이란, 혁명 또는 그 밖의 정치적인 이유로 자기 나라에서 박해를 받고 있거나 박해를 받을 위험이 있는 사람이 이를 피하기 위하여 외국으로 몸을 옮기는 것을 가리킨다. 존 어리(John Urry)는, 모빌리티는 그것을 수행하는 주체의 위치와 그들이 처한 사

아르헨티나 부에노스아이레스 중심가의 어느 벽화
가운데 5월 광장 어머니회의 모습이 보이고, 그 주변에 아르헨티나 철도와
공교육을 상징하는 그림들이 있다.

회적 공간에 따라 그 의미가 달라진다고 주장하면서, 이동이 강
요되는 곳에서는 이동주체의 사회적 지위가 위협받거나 배제된
다는 것을 의미한다고 말한다.[2] 루이사 발렌수엘라 역시 자발적
의지에 의해 자유롭게 이동한 것이 아니라 자신이 집에 없는 사이
경찰이 가택수사를 벌였다는 것을 깨닫고 신변의 위협을 느꼈다.
작가 아롤도 콘티가 그녀와 함께 작업을 한 직후 실종된 적이 있
고, 그녀도 누군가가 자신을 미행하는 것을 여러 번 직감한 끝에
벌어진 일이라 실종은 그녀에게 남의 일이 아니었다. 그래서
1979년 세계작가협회 참석을 구실로 아르헨티나를 떠난 후 10년

간 본국에 돌아오지 않았다. 그러나 "다른 이유도 있었지만 무엇보다도 외국어로 생각하거나 외국어로 꿈을 꾸지 않기 위해서" 그녀는 오랜 기간의 외국생활을 청산하고 본국으로 돌아왔다. 그러나 생명의 위협을 받아 어쩔 수 없이 망명을 한 것이었음에도 불구하고 지인들로부터 비겁자, 배신자라는 비난을 받으며 절교당했고 아르헨티나 문단에서도 작품에 대한 가치를 제대로 평가받지 못한 채 시련의 나날을 보내야 했다. 또한 자신이 기억하는 부에노스아이레스의 모습과 현실 속의 아르헨티나 간의 괴리를 극복하는 것도 녹록치 않았다. 발렌수엘라는 『아르헨티나인들의 노벨라 네그라』(1990)와 『횡단』(2001)에서 뉴욕으로 망명한 아르헨티나인들에 대해, 『침대에서 본 국가현실』(1991)에서는 10년간의 망명생활 끝에 조국으로 돌아와 재적응에 어려움을 겪는 인물을 중점적으로 다루며 자전적 경험을 기술한다.[3]

우선, 망명은 강제적 이동, 비자발적 이동이기 때문에 망명을 하는 주체는 어느 한곳에 안정적으로 정주하지 못한다. 항상 다음 이동을 염두에 두기 때문에 물건을 소유할 수도 없고, 어딘가에 뿌리내린 채 살지 못한다.

  −우리는 여기 출신이 아니야, 그에게 로베르타가 말했다, 우리가 뭘 갖고 있길 바라는 거야? 망명 드라마 한 편, 아니면 적어도 떠도는 삶, 뭔가를 차곡차곡 쌓지 못하게 하는 것들이지. 갖고 싶은 것들이 정말 많아. 하지만 다음에 이사할 때 그 물건들을 어떻게 하나 자문하지. 사람은 어디에서 머무르게 될지 절대 알 수 없

어. 그래서 태피스트리 한 장만 챙기기로 했어, 둥글게 말아서 팔 밑에 끼면 되는 예술품이니까. 나머지는 버려야 해. 버릴 수 있는 삶, 그건 웃을 일이 아니야.

-『아르헨티나인들의 노벨라네그라』, 156쪽

주인공 로베르타는 아르헨티나에서 경험한 공포 때문에 망명한 작가로 뉴욕에서 수년째 살고 있다. 그녀는 망명을 "떠도는 삶", "뭔가를 차곡차곡 쌓지 못하게 하는 삶"이라고 평한다. 간단한 소지품조차 축적하지 못하는 삶, 언제 떠나야 할지 알 수 없는 삶, 언제든지 폐기처분할 수 있는 삶으로 인해 그녀의 삶과 기억은 켜켜이 축적되어 총체화되지 못한 채 분절되고 파편화된다.[4] 정체성도 마찬가지다. 어딘가에 마음 붙이고 살 만하면 다시 다른 곳으로 이동하기 때문에 삶은 항상 방랑자의 것 같고, 정체성도 혼란을 겪을 수밖에 없다. 이런 불안정하고 위태위태한 삶, 이동할 때마다 모든 생활이 무화(無化)되어 처음부터 다시 시작해야 하는 삶은 개인의 마음속에 응어리진 정서를 표출하는 데 방해가 될 뿐만 아니라 대인관계에도 영향을 미친다. 이런 불안정한 삶은 나아가, 개인의 감정과 기억을 뒷전으로 돌림으로써 그것들을 건강하게 분출하지 못하게 하고 개인의 과거를 기억하거나 드러내지 못하게 한다. 과거의 기억과 현재 간의 괴리로 인해 느끼는 갈등, 그리고 오랜 세월의 망명생활을 청산한 후 본국으로 돌아온 이후 느끼는 재적응의 어려움은 『침대에서 본 국가현실』에 잘 드러난다.

저게 나의 도시에요, 텔레비전 속의 저 도시가요. 지금은 내가 알던 나의 도시가 아니에요, 모든 게 변했다고요. 이제 누가 적인지도 모르겠고, 누구에 맞서서 싸워야 하는지도 모르겠어요. 예전에 떠나기 전에는 알고 있었는데 이제 적은 정말 없거나, 없다고 말하지만 어딘가에 숨어 있나 봐요. …… 나는 과거에 내가 알던 도시에서 살려고 돌아온 거지, 이런 모습의 도시를 원한 게 아니었어요. 기억을 회복하려고 돌아왔는데 저들이 내 기억을 빼앗아갔고 내 기억을 지웠어요. 내 기억을 쓸어서 없애 버렸단 말이에요. 이렇게 꼼짝 없이 낯선 침대에 들어가 누워 있는 것이 내 기억을 보존하는 방법이라면 어쩌죠? ─『침대에서 본 국가현실』, 69쪽

『침대에서 본 국가현실』에서 주인공인 '마님(señora)'은 "외국어로 생각하거나 외국어로 꿈을 꾸지 않기 위해(99쪽)" 망명생활을 마치고 본국으로 10여 년 만에 돌아온다. 그녀는 이전의 부에노스아이레스에 대한 기억과 현재의 모습 간의 간극을 메우고자 하지만 매스 미디어와 군부는, 그녀가 현실을 직시하지 못하도록 끊임없이 방해하고 오히려 자신들이 원하는 대로 그녀가 기억하도록 하기 위해 거짓 진실을 주입하려고 한다. 이에 저항하고자 주인공은 텔레비전 보기를 거부한 채 침대에 누워 자신의 기억 속으로 침잠함으로써 과거의 기억과 지금의 현실을 화해시킬 방법을 모색한다. 이때 그녀의 기억은 자신의 개인사에 대한 것이 아니라 모두 부에노스아이레스 혹은 아르헨티나에 대한 기억이다. 따라서 그녀가 과거와 현재 간의 간극을 극복하고자 하는 기억도, 매스 미디어와 군부가 그녀에게 주입하려고 하는 기억도 모두 개인

아르헨티나 북부 카타마르카 시(市)의 거리 모습
국가적 차원에서 조직적으로 자행된 테러리즘이 반복되지 않도록
과거를 기억하려는 기념물들이 곳곳에 있다.

적 차원의 기억이 아니라 사회, 국가, 집단에 대한 기억이다.

발렌수엘라는 다른 작품에서도 침묵함으로써 과거를 드러내지
않고 상처에 대한 기억을 망각하는 것이 개인적 차원에만 머무르
지 않는다고 지적한다.

라켈은 과거의 흔적은 본래 있던 자리, 즉 과거에 두어야 한다
고 충고할 게 뻔하다. 그러면 나는 내가 아르헨티나인이라는 것을
상기시키고, 상처를 망각함으로써 봉합하는 것이야말로 정부가
우리에게 바라는 점이며, 우리의 의무는 이런 흐름에 역행하는 것
이라고 말할 수 있을 것이다. 그리고 여전히 피를 흘리는, 20년
전의 상처를 인식하면서 내가 스스로 판 함정에 빠졌다는 것을 느
끼게 될 것이다.
　　　　　　　　　　　　　　　　　　　　　　－『횡단』, 148쪽

『횡단』의 주인공 '나'는 아르헨티나로부터 뉴욕으로 망명한 지 20년이 되어간다. 그녀는 가장 친한 친구에게조차 자신이 아르헨티나에서 결혼한 적이 있다는 것을 얘기하지 않은 채 마음의 문을 닫고 "여러 차례 갑옷을 입는다(329쪽)." 그렇게 자신의 과거에 대해 철저히 함구한 채 20여 년을 지냈지만 주인공은 그것이 결국 아르헨티나 정부가 국민에게 바라는 점이라는 것을 깨닫는다. 나아가, 이것은 개인사와 개인의 감정을 묻어두는 데 국한되는 것이 아니라 아르헨티나 현대사를 망각하고 봉합하는 것을 의미한다는 점을 인식하게 되고, 따라서 이에 저항해야 한다고 결심한다.


## 우루과이 작가
## 페리 로시의 작품에 나타난 망명

발렌수엘라가 작중에서 내면으로 침잠하며 아르헨티나인으로서의 정체성을 지속적으로 다루는 데 비해 크리스티나 페리 로시는 특정 국가의 국민으로서 갖는 정체성에 대해 초연한 자세를 견지한다. 페리 로시는 이러한 태도가 1974년 그녀가 겪은 두 번째 망명을 통해 형성되었다고 술회한다. 즉, 스페인에서 2년간 망명생활을 한 후 프랑코 정권이 우루과이 정부와 결탁해 페리 로시의 여권 갱신을 거부하고 출생증명서를 포함한 모든 서류 발급을 거부했을 때 그녀는 유효기간이 만료된 우루과이 여권을 소

"루미 비델라. 저를 잊었나요? 그런가요, 아닌가요?"
실종자들에 대한 망각과 기억을 다룬 그림

지한 채 프랑스 파리로 두 번째 망명을 시도했다. 일 년 남짓 유효한 여권 없이 생활하면서 그녀는, 자신이 어느 나라에도 속하지 않았다고 느꼈다. 법적으로는 어떤 나라의 거주민으로도 존재하지 않았기 때문이다. 그녀의 책이 출판되는 것도, 그녀의 이름이 언급되는 것도 금지된 시절이었다. 40년이 넘는 세월 동안 망명국에서 거주하는 페리 로시에게 망명은 지울 수 없는 상흔을 남겼고, 그녀는『광인들의 배』(1994)와 시집 『망명 상태』(2003) 등 다수의 작품에서 망명 경험에 초점을 맞춘다.

발렌수엘라의 주인공이 자신의 내면으로 침잠하는 데 비해 페리 로시의 등장인물은 자신을 향한 외부의 시선에 초점을 맞춘다. 예를 들어, 『광인들의 배』에서 주인공 에키스(X)는 꿈에서 신의 계시를 받고 여행길에 오른다. 그러나 주인공이 유랑을 시작한 것은 신의 복음을 전파하기 위한 사명감이나 믿음에서 비롯된 것이 아니며, 오히려 주인공은 여행을 바란 적이 결코 없다고 여러 차례 말한다. 비자발적인 떠남, 본인의 자유의지에서 비롯되지 않은 여행이라는 점에서 에키스의 여정이 망명일 것이라고 유추해볼 수 있다. 그는 여행길에서 여러 사람들을 만나며 외지인인 자신을 바라보는 현지인들의 시각, 이방인을 대하는 현지인의 반응에 주목한다.

  −외국인이세요?− 그게 매우 중요한 일인 양 여자가 그에게 물었다. 에키스는 메스꺼움을 느꼈다.
  −어떤 나라에서만 그래요− 그가 대답했다. −그리고 아마 평생 그렇지는 않을 거예요.
  그녀는 놀라워하며 그를 바라보았다.
  −저도 태어날 때부터 외국인은 아니었어요− 그가 그녀에게 일러주었다. 그건 시간이 흐르면서 내가 얻게 된 조건이지, 내 의지로 얻은 게 아니라고요. 당신도 외국인이 될 수 있어요.

−『광인들의 배』, 26~27쪽

에키스가 보기에 현지인은 외국인, 외지인, 이방인을 침입자, 도망자, 부랑자, 떠돌이로 여긴다. 즉, 외지인은 수상하고 위험한 존재로 여겨져 현지인 사회에서 냉대받고 멸시당한다. 그런데 에키스는 자신의 자유의지에 의해 여행을 하는 것이 아니고, 따라서 이 '이방인'이라는 존재조건은 그가 원해서 갖게 된 조건이 아니기 때문에 현지인으로부터 받는 냉대와 차별이 더더욱 민감하고 아프게 다가올 수밖에 없다. 단편 「추락한 천사」에서도 사람들은 천사를 외지인, 이방인으로 간주한 채 자신들의 편견을 고스란히 반영한 질문들을 한다.

> 천사들은 무슨 언어로 말하지요? …… 비록 그들은 방문객 천사가 예의로 그들의 지역에서 쓰는 언어를 알아야 한다고 생각했지만 어느 누구도 무슨 대답이 나올지 몰랐다. …… 천사들은 어떤 인종이죠? …… 어느 누구도 그 질문에 대답하지 못했다. 그는 순수한 백인도 아니었고, 그 사실이 많은 사람에게 실망감을 자아냈다. 그는 흑인도 아니었는데 이 사실로 몇 명 사람들은 그에게 온정적일 수 있었다. 그는 원주민도 아니었고(누가 원주민 천사를 상상할 수 있겠는가?), 황인종도 아니었다. 피부는 푸른색이라고 할 수 있었고, 이 피부색에 대해서는 아직 어떤 편견도 존재한 적이 없었지만 그 편견은 기이할 정도로 급속히 형성되고 있었다.
>
> — 『금지된 정열』, 12~13쪽

이 작품에서도 사람들은 이방인, 외지인이라는 존재조건만으로 천사를 판단한다. 현지인들은 천사가 하늘의 규율을 어겨서 여기에 온 것이라고 제멋대로 단정한 후 천사를 위험하고 불순한 존재로 간주한다. 담배를 피우는 여인만이 유일하게 천사와 친구가 되려고 했지만 가상 공습경보 시간에 도시를 배회했다는 이유로 군인들에게 끌려가고 만다. 결국 이방인과 친구가 되려는 현지인의 노력은 좌절된 것이다.


## 나가며

위에서 살펴본 것처럼 발렌수엘라와 페리 로시의 작품에서 재현된 망명은 상이한 지점에 주목한다. 발렌수엘라의 소설에서 망명을 경험하는 작중인물들은 자신이 떠나온 고국에 의해 받은 깊은 상흔으로 인해 과거로부터 연신 도망치려고만 들 뿐 자신을 망명하게 만든 과거와 마주하려고 하지 않는다. 주인공은 계속해서 자신의 내면으로 침잠하지만 자신의 내적 갈등을 해소하지도 못하고, 타인과의 진정한 인간관계도 맺지 못하며, 망명국에서의 적응에도 난항을 겪는다. 즉, 발렌수엘라의 인물들은 오롯이 자신의 내면에 침잠해 자아의 갈등과 직면하고 반성적 성찰을 거친 끝에 자아와의 화해, 주변인물 및 환경과 화해하기에 이른다. 또한 발렌수엘라의 주인공들은 자신의 과거를 망각하지 않고 기억하고자 하는데 이때의 기억은 모두 개인적인 차원에 국한된 것이 아니라 아르헨티나라는 국가와 관련된 기억이다.

이에 비해 페리 로시의 등장인물들은 특정 국가와 관련된 정체성을 드러내지 않으며, 자아를 성찰하는 데 초점을 맞추기보다는 외지인인 자신을 바라보는 현지인들의 시선을 살핀다. 즉, 자신이 단지 외지인, 외국인, 이방인이라는 존재조건을 띤다는 이유만으로 현지 토박이들의 편견 어린 눈에는 자신의 모습이 굴절되고 왜곡된다는 것을 드러낸다.


**주**

1) 이 중 우리나라에 알려진 대중적인 작가로 칠레 출신의 이사벨 아옌데와 안토니오 스카르메타를 꼽을 수 있다. 이들의 작품 중 안토니오 스카르메타의 소설 『파블로 네루다와 우편배달부』는 영화 〈일포스티노〉의 원작이기도 하다. 이 글에서 이사벨 아옌데를 다루지 않는 이유는, 발렌수엘라와 페리 로시가 더욱 가열한 문제의식을 지속적으로 드러내고 있다고 판단되기 때문이다.

2) 존 어리, 『모빌리티』, 2014, 34쪽.

3) 이 중 『침대에서 본 국가현실』은 국내에 번역·소개되어 있다(『침대에서 바라본 아르헨티나』에 수록).

4) 망명자가 소유의 기쁨을 포기한 채 살 수밖에 없다는 것은 페리 로시의 대표작 『광인의 배』에도 드러난다.
"이 도시에서 저 도시로 이동하면서 에키스는 물건을 얻기도 하고 잃기도 한다. 그러나 때때로 그는 꿈속에서 되찾은 어떤 물건, 그가 몇 년 전 호텔방에 두고 오거나 우연히 만난 친구에게 선물한 물건을 다시 보고 싶다는 열망적인 필요성을 느끼며 깜짝 놀라며 아침에 잠에서 깬다. 에키스는 그 고뇌가 매우 강하다는 것을 알고 있다(그 물건을 되찾으면 어떤 종류의 확신, 충실함 혹은 도움을 받을 수 있는 것처럼). 그는 물건들이 잠시 머물다 가는 것, 그 덧없음을 자연스럽게, 해류의 물고기처럼 시간의 흐름에 잠긴 채 받아들여야 할 것이라고 스스로에게 다짐한다. 아마 그와 같은 이유에서 -다른 곳에 정착해- 어떤 물건을 다시 갖게 될 때 지나치게 기뻐하지 않는 것이리라."(15쪽)

# 03

# 한편이 필요한
# 아이들의 이야기

이효선

**이효선(李効宣)**

경희대학교 범아프리카문화연구센터 연구원. 경희대 후마니타스칼리지 글쓰기 강사. 동국대학교 다르마칼리지 아프리카 연구 출강. 저서로『'공동체지향 글쓰기'의 교육방법론과 적용』등이 있다.

# 불행의 시대를 살아가는 아이들

　시대의 흐름은 필연적으로 개인의 삶에 영향을 미치고, 그 시간을 살아가는 생의 기록들이 모여 다시 역사를 만들어낸다. 이런 점에서 본다면 역사와 개인, 개인과 역사는 분리되기 어려운 하나의 덩어리이다. 때문에 참혹한 전쟁과 기아의 상황에서, 선택할 수 있는 삶의 방식 또한 한정적일 수밖에 없다. 아프리카의 아이들이 처한 상황이 바로 그러하다. 아프리카 대륙은 태초의 신비와 찬란한 인류 역사를 간직한 기원의 땅임에도 불구하고 제대로 주목받지 못해왔다. 근대 아프리카는 식민 지배와 내전 등으로 인해 다양한 형태의 폭력에 노출되었고, 이로 인해 당면한 문제를 해결하는 것이 시급했다. 인종, 계급, 자본, 사상, 언어 등 오랜 시간 복잡하게 얽혀있는 문제를 풀어내기란 쉬운 일이 아니었다. 그러는 과정에서 고통받는 개인의 문제는 언제나 뒤편으로 미루어질 수밖에 없었고, 이런 상황은 여러 겹의 억압과 소외를 받는 하위주체들에게 혹독한 현실로 닥쳐왔다. 우리가 아이들에게 관심을 가져야 할 이유가 바로 여기에 있다. 아이들은 참담한 현실 속에서 약자이고 희생자였다. 역사의 소용돌이 속에서 처절한 삶을 이어가고 있는 아이들의 이야기, 그 이야기에서 우리는 얼마나 자유로울 수 있을까?

　나이지리아 출신의 우웸 파크만은 이러한 문제의식을 놓치지 않은 작가이다. 불행의 역사가 개인의 삶을 어떻게 무너뜨리고 있는지, 특히 그 속에서 아이들이 어떤 고통을 받고 있는지에 대

해 꾸준히 관심을 가졌다. 작가이면서 동시에 예수회 사제라는 이력을 가진 우웸 파크만은 케냐, 나이지리아, 에티오피아, 르완다 등 아프리카 국가들의 현실을 소설집 『한편이라고 말해』를 통해 묶어냈다. 『한편이라고 말해』에 수록된 작품들은 고통받는 어린 아이들의 현재와 그들이 살아갈 미래를 집요하게 파고들고 있기에, 아프리카에서 일어나는 폭력적 현실을 적나라하게 드러냈다는 평가를 받았다. 작품들을 살펴보면 다섯 편의 중·단편 모두 열 살 내외의 아이들을 주인공으로 등장시켜 고통을 극대화하는 방식을 취하고 있다. 종교·인종 등의 문제로 발생한 내전, 극심한 기아, 돈을 벌기 위한 성매매, 고위층의 부정부패까지 아프리카의 아픈 현대사를 배경으로 다루고 있는 이 소설은, 혼돈의 시대를 살아가야만 하는 개인의 현실이 상상 이상으로 잔혹하고 고통스럽다는 것을 고스란히 보여준다. 아직 보호받아야 할 어린아이들이 겪는 위태로운 삶은 어두운 현재의 모습이자 불투명한 미래의 모습이기에 더욱 비참하게 다가온다.

작품집 처음에 실려 있는 「크리스마스 성찬」을 살펴보면 아프리카 하층민 아이들이 겪는 문제들이 고스란히 드러나 있다. 소설 속에 등장하는 큰 누나 마이샤는 고작 열두 살이지만 가족을 먹여 살리기 위해 매일 거리로 나선다. 학교에 가고 싶지만 먹고 사는 문제가 우선이라 꿈도 꿀 수 없다. 백인 남자들의 자동차를 따라다니며 아무리 열심히 몸을 팔아도, 집안의 장남인 동생 지가나를 학교에 보내기 위해서는 훨씬 더 많은 돈이 필요하다. 겨우 등록금을 모으고 교복을 샀지만, 학교 갈 때 신을 구두도 사야 하고 육성회비 낼 돈도 필요하다. 결국 마이샤는 하루 종일 몸을 팔 수 있는 곳에서 일하기 위해 집을 떠나기로 한다. 이런 모습은 열 살인 둘째 나에마의 멀지 않은 내일의 모습이 될 것이다.

생계를 위해 딸을 거리로 내모는 부모에게 아동학대를 운운하기엔 현실이 지독히도 열악하다. 인간이 삶을 영위하기 위해 기본적으로 필요하다는 의·식·주, 그 어느 것 하나 제대로 갖추어진 것이 없다. 지가나의 가족은 임시 천막 같은 집에서 접착제 카비레를 마시며 허기를 달랜다. 어린 쌍둥이 동생들의 젖병에도 우유 대신 본드를 넣어 먹인다. 때문에 집 안에는 구두수선 가게에서 나는 냄새가 온통 가득하다. 접착제로 끼니를 대체하고 있는 이 가족에게는 본드 흡입을 금지하는 정부보다 물건을 구해줄 이웃이 당장 필요하다. 소매치기 아빠는 자신의 일터가 될 기다란 버스가 오기만을 기다리고, 만삭의 엄마는 임신한 동네 개를 꾀어내 뱃속의 강아지들을 팔아 지가나의 책을 마련할 궁리를 한다. 아기들은 구걸을 위한 미끼로 쓰인다. 아기를 내보이며 구걸을 하면 행인들이 더 많은 돈을 주기 때문이다. 이런 지가나 가족의 이야기는 케냐 나이로비 빈민가의 흔한 가족사이다. 분쟁이 끊이지 않는 아프리카에서 가난한 사람들이 선택할 수 있는 삶의 방식은 그리 많아 보이지 않는다. 이들에게 인간답게 산다는 것은 무엇일까. 매일의 허기와 치열하게 싸우는 이들에게 과연 도덕과 윤리를 기준 삼아 그들의 인생을 재단하고 비난할 수 있을까.

이 가족에게 크리스마스 시즌은 특별한 의미이다. 크리스마스가 되면 사람들이 거지들에게 더 많은 돈을 주기 때문에 본드 대신 진짜 크리스마스 음식을 먹을 수 있는 행복을 누릴 수 있다. 그러나 지가나는 마냥 기뻐할 수만은 없는 상태이다. 이번 시즌이 끝나면 마이샤가 떠나기 때문이다. 이미 뿔뿔이 흩어진 다른 거리의 가족들에 비한다면 그나마 지금까지라도 함께 지낼 수 있었던 것이 오히려 놀라운 행운이었다. 지가나는 큰 누나가 집을 나가는 것이 다 자기 때문인 것 같아 심한 죄책감에 시달린다. 여덟 살은 '가족의 미래를 짊어지고 나가는 희망이 되어야 한다'는 사명감을 갖기엔 너무 어린 나이다. 온 가족이 자신을 위해 하는 희생이 부담스럽고 싫다. '장남은 학교를 다녀서 쓸모 있는 사람이 되어야 한다'라는 가족들의 뜻은 알지만, 그 돈을 벌기 위해 눈앞에서 가족이 해체되는 것을 보는 일이란 견딜 수 있는 일이 아니다. 실은 학교가 너무나 가고 싶어서 교복이 생겼을 때는 이틀 동안 여덟 번이나 입어볼 만큼 들뜨기도 했고, 펜으로 손바닥에 글씨를 써보고 연필의 향을 맡아보기도 했다. 설레고 기뻐했던 만큼 미안함이 커졌다. 큰 누나가 거리에서 어떤 일을 겪으며 돈을 버는지, 제대로 먹지도 못하는 가족들이 그 돈을 쓰지 않기 위해 어떻게 살아야 하는지 잘 알고 있기 때문이다. 지가나는 이 모든 상황이 싫었고, 자꾸만 걷잡을 수 없는 분노가 치밀었다. 자신이 빨리 어른이 되어 힘이 세어진다면, 누나를 데리고 가는 백인 남자들을 흠씬 패줄 수 있을 테지만 현실에선 그럴 수 없다는 것에 괴로워한다. 마이샤가 떠나는 날이 되자 지가나의 죄책감은 절정에 달하게 된다. 큰 누나가 가지고 온 크리스마스 음식 봉투를 보고 좋아하는 다른 가족들과는 달리, 지가나는 막사 안에서 혼자 접착제를 흡입한다. 공책을 갈기갈기 찢어버리고 연필과 펜을 분질러 버린다. 누나가 사준 교복 꾸러미는 건드리지도 못하고 울기만 한다. 슬픔을 견디는 방식을 아직 잘 알지 못하는 여덟 살 소년은 차라리 거리의 깡패가 되기로 결심한다. 자신이 학교를 가지 않으면 누나도 집을 떠나지 않을 것이라 생각하게 된 것이다. 결국, 지가나는 집을 뛰쳐나와 거리의 아이들 무리에 섞여 사라지고 그렇게 소설은 막이 내린다.

거리로 자취를 감춘 여덟 살 아이의 미래가 희망적일 가능성은 그리 많아 보이지 않는다. 거리로 나가든 천막 안에서 계속 살든 가난과 굶주림에 시달리는 생활은 크게 변하지 않을 것이다. 인간으로서 존엄하게 살아갈 기회조차 빼앗긴 이들에게 남은 것은 그저 본능에 충실한 삶뿐이다. 지독한 가난에서 비롯된 한 가족의 비극이 마음을 무겁게 하는 이유가 여기에 있을 것이다. 일상에 묻어있는 아픔과 고통은 삶을 버리지 않는 한 계속된다. 비극의 시대를 살아가는 개인은 주어진 삶을 치열히 살아내며 견딜 수밖에 없다. 고통의 삶일지라도 기어이 살아내야 한다. 작가는 이 이야기의 실제 주인공인 거리의 아이가 '거칠고 난폭한 무리 속에서도 자신의 온화한 성품을 잃지 않기를 기도한다'고 했다. 불행의 시대를 살아가는 아이들에게 해줄 수 있는 일이 그저 기도 뿐이라는 사실이 시리고 아프게 다가온다.

## 오늘의 이야기이자 내일의 이야기

아이들의 시선과 목소리는 다른 작품에서도 이어진다. 작가는 계속해서 어린 아이들을 등장시켜 어른들의 위선과 기만을 보여주고 있다. 「가봉에 가기 위해 살찌우기」는 부모님이 에이즈에 걸리는 바람에 삼촌에게 맡겨진 열 살 소년 코칙파와 다섯 살 여동생 예와의 이야기다. 자그마한 체구의 부지런한 크페 삼촌은 베냉과 나이지리아 국경 지대에서 호객꾼으로 일한다. 어느 날 삼촌이 새 오토바이를 사 가지고 온 것을 보고 아이들은 생활 여건이 나아진 줄 알고 좋아한다. 사실 그 오토바이는 삼촌이 아이들을 인신매매단에 팔아넘기고 받은 몸값으로 마련한 것이다. 이렇게 순진한 남매를 속이는 어른들의 위험한 말과 행동이 계속되지만, 아무 것도 모르는 아이들은 가난에서 벗어날 수 있다는 희망에 들떠 행복하기만 했다. NGO단체 사람들은 아이들을 살찌워 팔아버릴 계획을 가진 노예장사꾼일 뿐이란 것을 독자는 곧 눈치챌 수 있지만, 순수 상태의 아이들 눈에는 그저 따뜻하고 인자한 양부모님들로 보인다. 맛있는 음식을 주고 학교에도 보내주는 고

마운 분들이기에 서로 잘 보이고 싶어 갖은 애를 쓰기도 한다. 아이들을 배에 태워 팔아버릴 철저한 계획을 세운 어른들은 남매에게 노예선에서 숙지해야 할 것들에 대해 교육하기 시작한다. 내용이 좀 이상하고 때론 우스꽝스러운 상황이 벌어져도 상황을 알 리 없는 남매에겐 그저 모든 것이 놀이와 장난일 뿐이다. 이미 삼촌과 양부모님 그리고 빅가이까지 모두 좋아하게 된 아이들은 말 잘 듣는 착한 아이가 되기 위해 계속 노력한다. 빅가이가 자기들을 팔아버리는 데 일등 공신인 줄도 모르고, 자신들이 갇히게 될 집의 구멍을 막고 자물쇠를 다는 일을 돕기까지 하는 모습은 안쓰러움을 넘어서 참담할 지경이다.

'자신의 아이나 조카를 파는 일은 다른 아이들을 파는 일보다 더 어려운 법'이기 때문일까. 아이들과 함께 지내는 시간이 길어지면서 크페 삼촌은 점점 양심의 가책에 시달리게 된다. 왼쪽 얼굴의 상처 때문에 늘 웃는 얼굴이었던 표정마저 점점 굳어진다. 결국 삼촌은 남매를 탈출시키려 하지만 실패로 끝나버리고, 인신매매 일당들에게 죽임을 당하게 된다. 계획이 들통나자 어른들은 노골적으로 아이들을 가두고 위협한다. 삼촌 대신 새로운 감시자가 아이들을 통제한다. 감시자는 '그저 내게 주어진 일만 할 뿐'이라고 스스로에게 변명한다. 자신에게도 아이들이 있지만 상황 때문에 어쩔 수 없다는 식으로 개인 양심의 문제를 합리화시키고 있는 것이다. 어른들의 기만과 위선이 드러나는 장면이 이뿐만이 아니다. 도망치는 삼촌과 아이들을 잡으려고 하는 일행에는 축구 감독 에이브러햄 선생도 있었다. 선생은 코칭파가 무언가 이상하다는 느낌을 조금씩 받기 시작하며 고민에 빠져 있을 때, 아무 일도 아니라고 안심을 시켜준 사람이었다. 포도당까지 건네며 위로를 해주었던 그가 실은 조직적인 계략을 꾸미는 일당과 한패라는 것을 알게 되었을 때 코칙파의 실망감은 절정에 이르게 된다. 더 이상 어떤 어른도 신뢰해선 안 된다는 것을 배우게 된 것이다. 코칙파는 이제 그 누구에게도 의지하지 않고, 거짓말과 음모로 가득 찬 어른들의 세계에서 오직 자신의 힘으로 탈출하기로 마음 먹는다. 의지할 데 없이 온전히 홀로 외롭게 싸워나가야 할 아이들의 고통은 상상 그 이상일 것이다.

투치족과 후투족 간의 끔찍했던 유혈 전쟁이었던 르완다 내전을 소재로 한 「부모님의 침실」역시, 어른들이 만든 현실 때문에 고통받아야 하는 아이들의 모습을 살펴볼 수 있다. 소설은 주인공 소녀 셴지의 시선을 통해 그려진다. 부모님의 대화는 아무리 들어도 그 내용을 정확하게 알 수 없지만 본능적으로 뭔가 심상치 않은 일이 일어날 것이라는 것을 느낀다. 시간이 지나면서 밤에 자주 외출을 한다고만 생각했던 엄마는 다른 부족을 피해 침실 위 다락으로 몸을 숨긴 것이고, 이상한 소리가 자주 나서 귀신이 있는 것이라 여겼던 집에는 사실 사람들이 잔뜩 숨어있다는 사실을 차차 알아가게 된다. 상황이 긴박해지면서 집안 분위기는 점점 어두워져 간다. 생사의 갈림길에 놓인 부모들은 소녀를 챙길 여유가 없다. 소녀는 모든 상황이 무섭고 겁이 나지만 어린 동생을 보살펴야만 했다. 기어코 부모님이 걱정하던 것처럼 마을 사람들이 집으로 쳐들어 왔고, 이웃집 아저씨라고 생각했던 사람들이 집을 부수고, 자신을 강간하려고 하자 소녀의 공포는 극에 달하게 된다. 급기야 후투족 아빠가 투치족인 엄마의 머리를 내리쳐 죽여야만 하는 상황을 눈앞에서 보게 된다. 엄마가 아빠의 손에 죽게 되는 장면은 만 열 살 아이가, 아니 사람이 받아들일 수 있는 일이 아니다. 셴지의 정신은 제멋대로 흘러 급기야 피를 흘리며 죽어있는 엄마를 보면서도 천장에 있는 사람들 중에 엄마가 있다고 생각하기 시작한다. 이토록 잔혹한 이야기를 소녀를 통해 듣게 되는 독자는 끔찍한 장면들에서 한동안 벗어날 수가 없게 된다. 작가는 아이가 보는 만큼만을 전달하고 나머지 상황은 독자의 상상에 맡겨버린다. 현실의 잔인함을 알고 있는 어른들은 상황의 여백 속에서 소녀가 받았을 충격과 공포를 충분히 짐작할 수 있다. 이념과 이익 때문에 발생한 전쟁, 어른들이 만들어낸 참혹한 분쟁의 역사 속에서 죄 없는 아이들이 함께 상처받으며 살고 있는 것이다.

그러나 소설 속 아이들은 극한 상황에서도 끝까지 포기하지 않는다. 「부모님의 침실」의 셴지는 극도의 충격에도 불구하고 칭얼거리는 어린 남동생 쟝까지 보살펴가며 폭도를 피해 몸을 숨긴다. 아이에게 남은 것은 '두려워하지 말라'는 엄마의 말과 부러진 십자가뿐이지만, 죽고 싶지 않다는 열망을 가진 소녀는 강해져야 한다고 계속 다짐한다. 「가봉에 가기 위해 살찌우기」의 코칙파도 마지막에 극적으로 탈출에 성공한다. 열쇠를 찾아 창문을 열고 뛰어내려 덤불 속으로 몸을 숨긴다. 어떻게든 살아남기 위해 뜀박질을 멈추지 않는다.

비록 고통스러운 현실을 살아가고 있지만, 이 아이들에게도 내일은 있다. 작가가 작품 전체를 아이들의 시선을 통해 서술한 의도는, 사건이 진행됨에 따라 변화되는 어른들의 미묘한 갈등과 그 안에 담긴 엄청난 진실들을 세밀하고 극적으로 보여주는 효과가 전부는 아닐 것이다. 소설 속 아이들은 종교·인종과 같은 갈등 때문에 서로가 서로를 죽이는 잔혹한 현실이 얼마나 끔찍한지를 보여주는 장치 그 이상이다. 아이들은 지옥 같은 현실을 버텨야 할 오늘이지만, 또한 그 고통을 이겨내야 할 다음 세대이기도 하다. 때문에 이 소설들은 '아프리카 아이들이 처한 어려운 현실과 고통을 알리고 싶었다'는 작가의 마음이 담긴 아프리카의 오늘의 이야기이자 내일의 이야기가 되는 것이다.

물론 맨몸의 아이들이 현실에서 얼마나 벗어날 수 있을지에 대해서는 낙관할 수 없다. 그러나 함께 탈출하지 못한 '동생의 울부짖음에서 벗어나지 못하리라는 것을 알았지만, 달리고 또 달렸'던 코칙파처럼 버티고 이겨내려 애쓰는 아이들을 보면서 희망을 포기할 수는 없다. 힘없고 약하지만 끝까지 용기를 잃지 않는 아이들을 위해, '어른들이 만들어낸 끔찍한 세상에서 달아나 강해져라, 좌절과 괴로움이라는 현실에 지지 말고 조금 더 나은 세상에서 살아남으라'는 간절한 기도를 다시 또 할 수밖에 없다.

## 우리 모두, 한편이야

「이건 무슨 언어지?」는 에티오피아에서 벌어진 이슬람과 기독교 사이의 종교 분쟁을 배경으로 하고 있다. 여기에 등장하는 두 소녀는 마주보고 있는 집에 사는 단짝 친구다. 두 아이의 부모들은 종교는 다르지만 아이들을 자유롭게 키워야 한다는 생각은 같다. 이슬람 가정에서 자란 셀람은 '너'의 가족을 따라 교회에 가기도 하고, 원하면 돼지고기를 먹어도 된다는 허락을 받기도 했다. 그러나 두 가족이 함께 이웃 마을에 가서 자전거 경주를 관람하고 온 어느 날, 동네 집들이 불에 타고 집 안에는 타는 냄새가 가득했으며 갑자기 두 아이는 부모로부터 다시는 함께 놀아선 안 된다는 말을 듣게 된다. 두 아이는 서로가 그리워도 어른들의 명령에 따라야만 했다. 더 이상 만나지 못하고 말을 나눌 수도 없게 되었지만, 두 아이는 관계를 포기하지 않는다. 어른들의 시선을 피해 2층 발코니에서 손을 흔들고 웃어주면서 서로를 안심시킨다. 대화를 하지 못해도 몸짓과 입모양으로 감정을 확인하는 두 아이의 동화 같은 모습을 통해, 인간적 연대라는 것은 어떤 이념과 가치 그 이상을 넘어서는 순수한 것이고 본연의 것이라는 것을 확인할 수 있다. 종교가 다르다는 이유만으로 단절되는 어른들의 세계와는 다르게 아이들은 자신들만의 언어를 만들어 소통을 계속하고, 서로의 마음을 믿기에 더 이상 절망하지도 않는다. 이것은 어른들이 배워야 할 아이들의 간절한 소망을 이루는 방식이고, 단절을 넘어서는 화해의 가능성이다.

「럭셔리 영구차」는 열여섯 살 무슬림 소년 주브릴의 이야기를 통해 가치와 이념이 만들어낸 편견과 전쟁이 아이들의 삶에 어떤 영향을 끼치게 되는지를 좀 더 직접적으로 보여준다. 주브릴은 나이지리아에서 벌어진 종교전쟁에서 살아남기 위해 교회 신도인 아버지가 사는 남쪽으로 피신할 수밖에 없는 상황에 몰리게 된다. 이슬람교도인 자신의 본 모습을 숨기고 다른 종교를 가진 사람들 틈에 끼어 남쪽으로 갈 수 있는 차에 겨우 올라타긴 했지만, 불안함과 공포에 시달리면서 안절부절못한다. '럭셔리 버스'라 불리는 차 안에는 피난민들로 가득 차 있었다. 버스라는 좁은 공간이 전쟁에서 살아남을 수 있는 유일한 장소가 되자 인간의 이기심이 얼마나 서로에게 치명적인지가 그대로 드러났다. 작가는 버스 안에 여러 인간 군상을 통해 아프리카의 현실 문제를 축소판처럼 보여준다. 종교·인종 간의 갈등뿐만 아니라 극한 상황에서 살아남기 위해 평범한 사람들이 어떻게 광포해져 가는지, 자신과 다르다는 이유로 타인을 어떻게 소외시키는지, 믿음과 신념이라는 것이 상황에 따라 또 어떻게 바뀌고 달라질 수 있는지 등의 문제까지도 접근한다. 또한 주브릴의 자리를 차지하고 끝까지 비키지 않는 족장의 모습을 통해 토착화된 종교의 모순과 허위의식을 풍자하고, 이러한 아프리카의 기득권 세력이 그동안 어떻게 권력을 유지했는지 등도 적나라하게 드러낸다.

버스 안에서 주브릴은 자신이 믿어온 이슬람교와 친구들에게 배신당하고 도주하게 된 배경을 계속해서 회상한다. 그동안 주브릴은 반쪽짜리가 아닌 제대로 된 무슬림으로 인정받기 위해 누구보다도 열심히 노력했다. 시위 때마다 앞장섰고, 아빠에게 다녀온 후 개종을 한 형이 이슬람교도들에게 죽임을 당했을 때도 지켜보고만 있었으며, 사소한 도둑질을 했다 걸렸을 때 율법에 따라 한쪽 손목을 기꺼이 내놓기도 했다. 그러나 막상 종교분쟁이 벌어지자 진짜 무슬림이 아니라고 쫓기게 되는 상황이 벌어진 것이다. 무슬림으로 인정을 받지 못한 것이 분하지만, 당장 이슬람교도인 것이 탄로나 죽임을 당하는 것도 무서울 수밖에 없다. 살기 위해 올라탄 버스에서 자신도 모르게 평소 부끄럽게 생각했던 가브리엘이란 이름을 말하게 된다. 손목이 잘린 것을 들킬까봐 미어터지는 버스 안에서도 호주머니에서 한쪽 손을 빼지 못한다. 모든 것이 혼란스럽고 어디서부터 잘못된 것인지, 자신이 무엇을 잘못했는지도 알 수 없어 전전긍긍하기만 한다. 분명한 사실 하나는 살아남기 위해서 자신을 쫓는 자들과 같은 편이라고 말해야만 한다는 것이다.

> "알라신이시여, 부디 제게 지혜를 주시어 이 버스의 그리스도교도들에게는 제가 정말 그들과 한편이라고 믿게 해주십시오."
>
> —「럭셔리 영구차」, 287쪽

> "족장님, 전 당신들과 같은 편이예요."
>
> —「럭셔리 영구차」, 375쪽

자신의 세계관이나 가치관과는 다르게 태생의 한계 때문에 어느 편에서도 배제당하는 주브릴의 모습은 내전과 갈등이 지속되어온 아프리카에 사는 많은 아이들의 모습일 것이다. 한편이라고 말해야만 살아남을 수 있음을 보여주는 장면은 「부모님의 침실」에서도 찾을 수 있다.

> "사람들이 물으면, 너는 그들과 같은 부족이라고 말해. 알겠니?" 엄마가 나를 보지 않고 단호하게 말한다.
> "누가 물으면요?"
> "누구든지. 그리고 모니크, 동생을 잘 돌봐야 한다. 꼭 그래야 해, 알았지?"
> "알았어요, 엄마."
> "약속하지?"
> "약속해요."
>
> – 「부모님의 침실」, 383쪽

후투족 아빠와 투치족 엄마 사이에서 태어난 아이들은 그리스 도교이면서 무슬림인 주브릴처럼 후투족이면서 동시에 투치족이 될 수 있다. 그러나 혼란의 역사 속에서 이 아이들은 화합의 상징이 아니라 이중소외의 대상이 되고 만다. 사랑에 빠진 남녀가 종교와 인종의 차이를 극복하고 결혼에 성공하는 이야기는 평화의 시대에서나 아름다운 로맨스로 남을 수 있다. 이 사랑의 결과로 세상에 태어난 아이들은 목숨으로 그 책임을 져야 한다. 자신의 의지로 선택한 일이 아니지만, 언제나 생과 사의 문제에 던져진 아이들의 고통이란 이루 말할 수 없을 것이다.

그렇다면 어른들은 이 아이들을 위해 무엇을 해야 하는가? 작가는 고통의 현실을 극복해 나가는 어른들의 가능성도 포기하지 않는다. 작품집 곳곳에 미약하지만 그래도 아직 꺼지지 않은 희망의 불씨를 남겨 놓았다. 「럭셔리 영구차」에서 주브릴 부모님의 주례를 맡은 맥브라이드 신부는 '부족 간 종교 간 증오가 모든 국가적 쟁점 아래에 들끓고 있는 이 나라에서 두 사람의 결혼은 화합의 상징'이고 '마을 전체가 두 사람의 열린 마음을 본받아야 한다'고 설교한다. 학교에서 아이들을 가르치는 압둘라히는 분쟁이 발생하자 위험을 무릅쓰고 이슬람 신도인 주브릴뿐만 아니라 쫓기는 그리스도교를 숨겨준다. 부족·지역·종교 등으로 편을 나누어 서로 죽고 죽이는 가운데에서도, 그 모든 것을 초월하는 것이 있다는 믿음을 실천으로 보여주는 인물들이다. 「부모님의 침실」에서 셴지의 엄마는 자신이 곧 죽게 될 것임을 알지만 아이들과 동족들을 지켜내기 위해 현실에서 도망치지 않는다. 기어이 아빠에게 동족을 지키겠다는 약속을 받아내고 당당히 최후를 맞는다. 또한 「가봉에 가기 위해 살찌우기」에서 크페 삼촌은 조카들을 지키기 위해 도망을 치다 잡혀 죽음을 맞는다. 가족애와 동족애는 죽음이라는 거대한 두려움 앞에서도 인간다움을 잃지 않게 해주는 원동력이 된다는 것을 보여주고 싶었던 것은 아닐까. 「이건 무슨 언어지?」에 등장하는 두 아이의 부모들은 종교가 달라도 열린 마음으로 이웃을 대하고 아이들을 자유롭게 키우려고 노력한다. 종교분쟁 때문에 어쩔 수 없이 옆집과 거리를 가지게 되지만 동심을 최대한 다치지 않게 하려고 노력하고, 이웃과의 단절이 생긴 힘든 시절이라는 것에 안타까워한다. 그저 신앙이 다른 것

뿐, 그 이상 어떤 것도 아니란 것을 알고 있다. 이렇듯 한편이 아니라는 이유로 서로를 죽고 죽이는 극한의 상황 속에서도 인간다운 가치를 지키기 위해 노력하는 사람들이 존재한다는 것은 화해와 평화로 향하고자 하는 소망이 여전히 남아 있다는 것이며, 이것이 보다 나은 미래를 만드는 힘이 될 것이다.

그런 의미에서『한편이라고 말해』는 어른들이 만든 현실에서 아이들이 만들어갈 미래를 발견할 수 있는 소설집이다. 아프리카 곳곳에서 벌어지고 있는 절박한 사연 속에서 한편이라고 말해야만 살아남을 수 있는 이야기들, 각각의 단편이 모두 이런 주제를 다루고 있다는 점에서 마치 한 편으로 연결된 것 같은 이야기책이기도 하다.

시대의 역사는 곧 자신의 역사와 연결된다. 그리고 역사를 다시 쓰는 것도 바로 개인들이다. 휴머니즘이라는 인류 보편의 가치는 더 나은 역사를 만드는 바탕에 있어야 한다. 어두운 삶 속에서도 생에 대한 용기를 잃지 않는 아이들에게는 같은 편들의 지지와 응원이 절실하다. 힘들고 어려운 시대일지라도 아이들의 미래를 위해서는, 인간의 존엄을 지키며 살아가는 일에는 "우리 모두, 한편이야"라고 주저 없이 말할 수 있어야 한다.

# 04

# 이란의 종교적 다문화 형성, 그 역사적 배경과 현황

신양섭

## 신양섭(申亮燮)

한국외국어대학교 이란어과 졸업하고, 터키 정부 장학생으로 국립 이스탄
불대학교 페르시아 어문학과 석·박사를 받았다. 현재 한국외국어대학교 중
동연구소에 재직하며 이란어과에서 강의 중이다. 주요 저서로『바보 현자의
웃음 철학』,『바람이 우리를 데려다 주리라』등이 있다.

이란은 세계에서 일곱 번째로 많은 무슬림 인구를 보유하고 있다. 전체 인구의 98%가 이슬람을 믿고 있으며 그 중 89%가 시아파 이슬람을, 9%는 수니파 이슬람을 따르고 있다. 따라서 이란은 거의 7천만에 육박하는 시아파 무슬림들을 보유하고 있는 시아파 종주국이다. 바하이교, 아르메니아 정교, 시리아 정교, 유대교 등의 소수 종교 공동체가 나머지 2%를 구성하고 있다(아래 표 참조). 이란은 국민 대다수가 이슬람을 믿으며 혁명 이후 이슬람 공화국으로 탈바꿈한 대표적인 이슬람 국가이지만 고대부터 꾸준히 자신들의 신앙을 유지해오며 이란의 역사와 문화의 한 축을 이루었던 소수 종교 공동체들이 여전히 존재하는 대표적인 종교적 다문화 국가이기도 하다.

**이란 내 소수 종교공동체의 언어와 인구**

| 바하이교 | 아르메니아 정교 | 유대교 | 아시리아 정교 | 조로아스터교 |
|---|---|---|---|---|
| 페르시아/터키어 | 아르메니아어 | 페르시아/쿠르드어 | 시리아어 | 페르시아어 |
| 350,000 | 250,000 | 25,000 | 32,000 | 32,000 |

(단위 : 명)

이란은 북동쪽으로 중앙아시아로 통하는 길목에 위치하고 있으며 남동쪽으로는 인도아대륙과 접하고 있다. 북쪽으로는 카프카스 지역을 통해 유라시아로 통하며 서쪽으로는 메소포타미아 지역과 소아시아 지역으로 통한다. 남쪽으로는 페르시아 만을 건너 아라비아 반도 및 북아프리카로 진출할 수 있다. 이러한 지정학적 위치로 인해 고대부터 수많은 민족들이 이란고원을 거쳐 가며 다원적 문화를 만들어냈다.

아프리카, 유럽, 아시아 대륙 간의 민족 이주는 인종 혼합의 결과를 낳았으며 다원적 성격의 문화를 출현시켰다. 이란의 지정학적 위치와 더불어 지난 3,000년간 언어와 신앙을 달리하는 이민족들의 침략은 이란 고원에 인도-아리안어, 셈어, 알타이어를 사용하는 다양한 민족들을 정착시켰으며 조로아스터교, 유대교, 기독교, 이슬람교와 같은 종교공동체를 탄생시켰다. 이란 민족은 조로아스터교, 마니교, 바하이교와 같이 그들 스스로가 인류 문화에 영향을 끼친 큰 종교들을 만들어냈을 뿐 아니라 그들의 포용적인 세계적 가치관은 기독교, 유대교, 불교 등의 다양한 종교가 이란 고원에 정착하게 해 주었다.

아래 소개되는 이란 소수 종교들의 역사적 배경을 살펴보기 전에 독자들의 이해를 돕기 위해 이슬람 이전 이란의 고대 역사 연대기를 간단히 정리하면 다음과 같다.

| 제국 | 왕조 | 연대 | 참고 |
|------|------|------|------|
| 페르시아 제국 | 아케메네스 왕조 | 550 - 330 B.C. | 이란 민족 지배 |
| 헬레니즘 시대 | 알렉산더 및 셀레우코스 왕조 | 330 - 247 B.C. | 그리스 민족 지배 |
| 파르티아 제국 | 아르사케스 왕조 | 247 B.C. - 224 A.D. | 이란 민족 지배 |
| 페르시아 제국 | 사산 왕조 | 224 - 651 A.D. | 이란 민족 지배 |

# 이란 민족의 천년 국교,
조로아스터교

조로아스터교가 인류 최초의 계시 종교라는 데 대부분의 종교
학자들이 동의하고 있으며 실제로 조로아스터교는 종교사에서
중요한 의미를 가지고 있다. 조로아스터의 생존 연대에 대해 학
자들마다 다양한 의견을 개진하고 있으나, 언어학적 근거를 기반
으로 한 기원전 1,000년경 생존설이 가장 큰 설득력을 얻고 있
다.[1] 조로아스터교는 고대 인도의 베다(Veda) 종교 혹은 훨씬 이
전의 인도-아리안계 토속 신앙과도 연계되어 있다. 조로아스터
교는 또한 동시대에 융성했던 불교, 유대교, 기독교에도 중요한
영향을 미쳤으며,[2] 기원전 6세기부터 기원후 7세기 이슬람이 출
현하기 전까지 1,000년 이상 이란뿐 아니라 중동 전역에서 가장
영향력 있는 종교였다.

키루스(Cyrus), 다리우스(Darius), 크세르크세스(Xerxes) 등과 같
은 아케메네스(Achemenes) 페르시아 제국 초기의 황제들이 조로
아스터교의 영향을 받았다는 점에 대해서는 학자들 간에 이론의
여지는 없다. 키루스는 소위 "세계 최초의 인권선언"으로 간주되
는 그 유명한 키루스 실린더(Cyrus Cylinder)에서 자기 자신을 바
빌로니아 신들의 대리인으로 묘사했지만 조로아스터교의 최고신
아후라 마즈다에 대해서는 소극적인 표현에 그쳤다. 반면에 다리
우스나 크세르크세스는 아후라 마즈다에게 열광적인 찬양을 표
해 큰 대조를 이룬다. 아마도 혁명적인 수단을 동원해 집권한 다

리우스가 집권의 정통성을 아후라 마즈다로부터 부여받은 것이라고 강조하면서 의도적으로 당대 최고의 신을 부각시켰던 것으로 보인다. 아케메네스 왕조의 타종교에 대한 정책은 하나의 관용이었거나 혹은 무관심이었던 것으로 보이는데, 그들의 후손인 중세의 사산(Sasan) 페르시아 제국이 종교 문제에 적극적인 자세를 보였던 것과 큰 대조를 이룬다.[3]

기원전 330년 알렉산더의 동방원정으로 아케메네스 페르시아 제국이 멸망한 이후 기원후 224년 사산 페르시아 제국이 다시 건국될 때까지 약 550년간 조로아스터교에 대한 우리의 정보는 극히 단편적이다. 비록 아르메니아를 비롯한 중동 전역에 조로아스터교의 존재를 입증할만한 단편적 정보들은 풍부하지만 일관된 역사를 꿰어낼 만한 자료는 되지 못하고 있다. 사산 페르시아 제국 시대의 작가들은 알렉산더를 오직 전설상의 인물이자 아베스타를 파괴하고 선(善)의 종교 조로아스터교에 총체적 혼란을 야기한 악마로만 여겼다. 그리스 인들의 정복에서 벗어나 이란에서 건국한 이란계의 아르사케스(Arsaces) 파르티아 제국이 어느 정도 조로아스터교의 부활에 공헌했는지 확실히 단정 짓기는 어렵다. 10세기경에 편찬된 조로아스터교 교리에 대한 개요서 덴카르드(Dēnkard)에는 아르사케스 왕조의 볼로가세스 1세(Vologasses I, 51~80 재위)가 알렉산더에 의해 소각된 조로아스터교 경전 아베스타(Avesta)를 다시 집대성하려는 시도가 있었다고 애매하게 표현하고 있다. 일반적으로 사산 왕조 시대의 작가들은 아르사케스 왕조를 이란의 전통적 가치의 보호자로 묘사하는 데에 인색한 반면 사산 왕조는 조로아스터교를 비롯한 이란 전통의 복구자로 묘사하고 있다. 하지만 사산 왕조 초기인 3세기 후반의 조로아스터교 고위 성직자였던 카르티르(Kartīr)가 성직제도와 종교기구에 대해 언급하고 있는 것으로 보아 우리는 이러한 제도들이 이미 아르사케스 왕조 시대부터 정립된 것이라는 것을 쉽게 추측할 수 있다.

224년부터 아르다시르 1세(Ardashīr I, 224~241 재위)에 의해 건설된 사산 페르시아 제국 역시 조로아스터교의 전통을 유지해 나갔지만 이란에서는 민족과 지역을 초월한 세계적 종교들이 연이어 나타났다. 로마에서 발흥한 기독교뿐만 아니라 인도에서 일어난 불교의 조류가 이란의 동부지역에 밀려들어왔다. 기존의 유대교 공동체가 메소포타미아와 이란에서 여전히 자신들의 정체성을 유지하고 있었으며 3세기 중반에는 마니교(Manichaeism)가 무대에 등장했다. 하지만 조로아스터교는 여전히 메소포타미아에서든 이란고원에서든 이란 민족들 대다수가 믿는 지배적 종교였다. 아르사케스 왕조는 아케메네스 왕조와 마찬가지로 종교적 관용의 전통을 유지했지만 사산 왕조는 그 전통을 깨뜨렸다. 또한 아케메네스나 아르사케스 왕조가 조로아스터교를 지원하고 확대시킨 것은 국가의 정치적 이익 때문이었지만 사산 왕조는 '국가와 교회의 일치'라는 종교정책의 원칙을 일찍부터 발전시켰으며 그것은 외래 종교나 조로아스터교의 이단적 분파들에 대해 비관용적 태도를 의미한다.

사산 왕조 시대는 정치적으로 비교적 안정된 시기였으며 이 기간 중에 조로아스터교도 비약적인 번영을 누렸다. 비록 이단 종교의 발생이나 다른 종교의 도전도 있었지만 조로아스터교 교회의 권위는 처음부터 타종교의 경쟁 대상이 될 수 없었다. 조로아스터교 사원이 이란 전역에 급격히 늘어났으며 그에 따른 조로아스터교 승려들의 수도 현저하게 증가되었다. 조로아스터교 교리에 따른 역법이 개혁되었으며 1년 주기의 종교축제에 대한 표준화도 이루어졌다. 조로아스터교는 또한 엄격한 사회계급(pēshag)의 분화에도 큰 몫을 담당했다. 승려 및 귀족들이 엘리트 계급으로서 피지배 계급인 농부나 장인들 위에 군림했다. 엘리트들을 위해 생산 활동을 담당한 피지배 계급의 부담은 너무도 컸으며 그러한 부담은 마즈다크 운동(Mazdakism)과 같은 종교운동이자 사회개혁 운동으로 표출되기도 했다.

조로아스터교는 비록 오늘날까지도 그럭저럭 유지해 오고 있지만 651년에 사산 페르시아 제국이 멸망한 후 더 이상 회복할 수 없을 정도로 타격을 받았다. 아랍인들의 이란에 대한 '군사적 정복'은 빠르게 진행되었지만 그들의 종교 이슬람의 '종교적 정복'은 상대적으로 더디게 진행되었다. 이란에서 신흥 종교 이슬람이 1,000년 전통의 조로아스터교보다 우세를 점한 원인을 간단하게 설명하기는 어렵다. 조로아스터교의 존속과 발전에 기여했던 '국가와 종교의 일치'라는 사산 왕조의 기본적 종교 정책은 그 국가가 제거되면서 그 종교도 정치적, 경제적 지원을 상실한 것이다. 사회의 억압받던 하층 계급에게 세계적 평등을 약속하는 이슬람은 보다 낳은 생활을 위한 정신적, 물질적 희망을 안겨주었다. 뿐만 아니라 당시 피지배계급으로 전락했던 조로아스터교 신자들을 유대교도나 기독교도와 마찬가지로 "경전의 백성(ahl al-kitāb)"으로 받아들여 포용한 무슬림 통치자들의 정책도 조로아스터교도들에게 새로운 발전을 추구하는 뚜렷한 동기를 부여해 주었다. 사실 조로아스터교의 복잡한 교리와 의식들은 오직 승려들만의 전유물이었으며 고대의 신들이나 신화들과 결부된 조로아스터교의 이원론적 교리는 시대에 적응하지 못한 낙후된 종교 이론이었다. 반면에 이슬람은 단순한 일신론적 교리를 표방함으로써 조로아스터교가 갖는 구조적인 승려제도의 필요성을 없애 주었다. 더욱이 이슬람은 최후의 심판일 및 내세관 등에서 조로아스터교와 유사한 교리를 갖고 있었기 때문에 조로아스터교 신자들도 쉽게 받아들일 수 있었다. 이슬람법은 또한 조로아스터교의 이상들을 대치할 수 있는 개인과 사회를 위한 보다 포괄적, 보편적 도덕체계를 제시해 주었다.

아랍-이슬람 지배 초기에 조로아스터교의 영향력이 지속적으로 약화되었음에도 불구하고 이란 사회에서 조로아스터교의 존재는 계속 유지되었다. 역사적 관점에서 보면 9세기와 10세기 초는 오히려 조로아스터교 교리 발전의 중추적 시기로 간주된다. 그 시기에 조로아스터교 교리서나 문학 작품들이 엄청나게 양산되었기 때문이다. 이와 같은 문학적 활동이 조로아스터교의 부활을 위한 희망에서인지 아니면 절박한 위기의식에서 비롯되었는지 확실하지 않지만, 그것들은 조로아스터교의 백과사전들이요, 윤리와 종교의식에 대한 논문들이요, 신학적 책자들이었다.

이란의 야즈드에 위치한 조로아스터교 사원

이슬람 지배 초기에 무슬림 통치자들은 강제 개종을 금지하는 코란의 계율에 따라 이슬람으로의 개종을 강요하지 않았다. 딤미(dhimmi)라고 불리는 비-무슬림들은 지즈야(jizya)라고 불리는 인두세를 납부하고 법을 준수한다면 자신들의 신앙을 유지할 수 있었다. 하지만 시대가 지나며 이 인두세는 비-무슬림들을 압박하는 수단이 되어갔으며 그들의 열등한 지위를 강조하는 각종 제한 조치들이 취해졌다. 수많은 조로아스터교 사원들이 모스크로 바뀌었으며 조로아스터교 경전들이 압수되어 소각되었다. 결국 차별과 박해를 견디지 못한 조로아스터교 신자들은 서서히 이슬람으로 개종하기 시작했으며 9세기경 이란 민족의 천년 종교였던 조로아스터교는 이란에서 소수 종교로 전락했다. 이후 조로아스터교 교도들은 수차례에 걸쳐 대규모로 인도로 이주하기도 했다. 1501년에 건국한 사파비 왕조가 시아파 이슬람을 국교로 선포하면서 수니파 무슬림들뿐만 아니라 여타 소수종교 신도들에게도 개종을 강요했을 때와 19세기 말 서구에 대한 국수주의 태도를 취했던 카자르 왕조가 소수 종교들에 대해 극심한 제한 조치를 취했을 때가 대표적인 사례이다. 그럼에도 불구하고 일부가 계속 이란에 남아 오늘날까지 자신들의 종교 정체성을 유지하며 공동체를 형성하고 있다.

과거의 페르시아 영광을 재현하겠다는 팔레비 왕정의 민족주의 정책에 따라 조로아스터교는 이란 민족주의의 상징으로 부활했으며[4] 조로아스터교 공동체 역시 상대적인 안정을 누렸다. "우리 무슬림들은 나무의 한 줄기와 같다. 만일 그 뿌리(조로아스터교)를 잘라낸다면 그 나무(이슬람)는 곧 고사할 것이다"라는 시아파 성직자 사두기(Ayatollāh Sadūqī, 1946 출생)의 말이 이를 잘 대변해준다. 하지만 1979년의 이슬람 혁명 이후 상황은 급변했다. 이슬람법을 근간으로 한 신정체제의 이란이슬람공화국이 출범한 후 불안을 느낀 상당수의 조로아스터교 신자들이 미국을 비롯한 서구로 이주했다. 1906년 입헌혁명 당시 제정된 헌법을 계승해 이슬람 공화국 헌법도 유대교와 기독교에 속하는 아르메니아 사도교회 및 시리아 동방교회와 함께 조로아스터교를 이란의 공식적인 종교로 인정하고 있으며 290석의 국회 의석 중 1석을 조로아스터교 공동체에 배분하고 있다. 외견상 이러한 헌법 조항들은 공식적으로 인정된 소수 종교 공동체에게도 정치 참여의 기회를 주는 것 같지만 실상은 교묘한 차별 수단이다. 자치적으로 선출해 국회에 보내는 1명의 국회의원을 제외하고 조로아스터교도 어느 누구도 일반 국회의원에 출마할 수 없으며 투표권도 없다. 뿐만 아니라 헌법에는 비-무슬림들에게도 공무원 임용 및 군 복무의 자격이 주어지는 등 무슬림들과 동등한 시민의 자격을 부여받는다고 되어있지만 실제로 비-무슬림들은 정부 기관이나 군에서 요직에 오르는 일은 거의 없다.

2012년의 인구 통계에 따르면 현재 이란에는 약 25,000명의 조로아스터교 신자가 분포되어 있다. 하지만 조로아스터교 공동체에서는 자신들의 인구가 6만 명을 상회한다고 주장하고 있다. 이들은 주로 수도 테헤란을 비롯해 이란 남동부 지역의 야즈드 및 케르만에 분포되어 있다. 이란 현대사에서 조로아스터교 출신의 유명 인사로는 이란에 최초로 현대적 금융 시스템을 도입한 아르바브 잠시디(Arbāb Jamshīdī, 1933 사망), 유명한 페르시아 민족 서사시인 페르도우시의 성묘(mausoleum)를 설계한 건축가 케이호스로우 샤흐로흐(Keikhosrou Shāhrokh, 1939 사망), 이란 혁명 이후 미국으로 망명한 재미 학자 파르항 메흐르(Farhanf Mehr, 1923 출생) 등이 있다.

# 이란 민족의 오랜 친구,
## 유대교

  이란에서 가장 오랜 역사를 가진 종교들 중의 하나가 유대교이다. 이란 민족은 아주 이른 시기부터 소위 "아브라함의 종교"라고 알려진 유대교 및 기독교와 가깝게 교류해 왔으며 7세기 중반 아랍민족의 지배를 받은 이후에는 또 다른 아브라함의 종교 이슬람을 받아들인 후 오늘에 이르고 있다.

  유대 민족의 이란 정착에 관한 최초의 기록은 구약 성경의 열왕기 하편(Kings-II)이다. 제17장6절과 제18장10-11절에 따르면 기원전 721년경 아시리아의 왕 사르곤 2세가 피정복 유대인들을 "메대인들의 도시"로 이주시켰다고 기록하고 있는데, 메대인들은 이란 민족의 일족으로 당시 이란의 북서부 지역에 거주하고 있었다. 하지만 이란에서의 유대교 역사는 구약 시대 후기에 더 자세히 언급되고 있다. 유대교 성서들 중 페르시아를 언급한 성서들로는 이사야(Isaiah), 다니엘(Daniel), 에즈라(Ezra), 느헤미야(Nehemiah), 역대기(Chronicles), 에스더(Esther) 등이 있다. 아케메네스 페르시아 제국의 창건자 키루스가 바빌로니아를 점령한 후 기원전 539년 그곳에서 노예생활을 하던 약 4만 명의 유대인들을 해방시켜 준 것은 이미 잘 알려진 사실이다. 당시 바빌론의 유대인들 중 일부는 이스라엘 땅으로 돌아가지 않고 남았다가 동쪽의 이란 땅으로 이주해 페르시아 제국 내에 정착했다. 이들은 비교적 자유롭게 자신들의 신앙생활을 영유하며 정체성을 유지시킬 수 있었다. 크세르크세스 황제의 부인이 구약에 등장하는 유대인 에스더였다는 사실이나 유대인 느헤미야가 고위직에 등용되었던 사실 등은 그들이 페르시아 제국 내에서 어떤 지위를 누렸는지 엿볼 수 있게 해준다. 이 때문에 유대교 성서에 페르시아 제국 및 황제들의 이름이 자주 오르내리고 있으며 이미 이때부터 페르시아에서는 제법 큰 규모의 유대교 공동체가 형성되어 있었다.[5] 고대 페르시아의 유대교도들은 "페르시아 유대인(Persian Jews)"이라고 불릴 정도로 이스라엘 본토로 돌아간 유대 공동체와는 구별되어 있었지만 이것이 이들의 유대 민족 정체성 상실을 의미하지 않았다. 단지 지리적 혹은 언어적 구별을 위한 편의상의 용어였으며 그들은 아르메니아 민족과 마찬가지로 자신들의 민족적, 언어적, 종교적 정체성을 잘 유지하고 있었다. 몇몇 학자들의 주장에 따르면 고대 페르시아 제국 인구의 20%가 유대인으로 구성되어 있었다고 한다.[6]

기원전 2세기 파르티아 제국이 건국된 후 계속된 로마-파르티아 간의 전쟁에서 유대인들은 로마의 동방 진출을 견제하기 위해 파르티아 제국을 지원했다. 로마 제국이 이스라엘 땅을 점령하자 상당수의 유대인들이 파르티아 제국에 피신처를 구하며 이란 고원으로 이주해왔다. 파르티아는 교육 수준이 높고 계산이 정확한 유대인들을 세금 징수원으로 활용하기도 했다. 파르티아 제국 시대에 이란에서의 주요 종교는 여전히 조로아스터교였지만 종교 정책에 관대했던 파르티아 왕들 덕분에 유대인들은 별다른 박해나 차별 없이 자신들의 종교와 전통을 영위해 나갈 수 있었다.

파르티아 제국을 멸망시키고 224년에 건국한 사산 페르시아 제국은 고대 아케메네스 페르시아 제국의 영광을 재현하고자 조로아스터교를 국교로 채택하고 제국 내의 소수 종교 공동체에 압박을 가하기 시작했다.[7] 이 시기에 이란의 유대교 공동체가 어떠한 탄압을 받았는지는 잘 알려져 있지 않다. 하지만 바흐람 2세(Bahrām II, 276~293 재위)처럼 극단적인 종교정책을 펼쳤던 시기를 제외하고 유대교 공동체는 기독교 및 마니교와 같은 타 종교 공동체에 비해 상대적인 종교적 자유와 정치적 자치를 누렸던 것으로 보인다. 그것은 제국 초기 로마–사산 제국 사이에 전쟁이 계속되었을 때 기독교 공동체들과는 달리 유대교 공동체가 사산 제국 황제들에게 충성을 바쳤던 것에 기인하기도 했다. 또한 샤푸르 2세(Shāpūr II, 309~379 재위)의 어머니는 유대인으로 알려져 있어서 특히 이 시기에 유대교 공동체는 많은 특권을 누릴 수 있었다.

유대교 공동체가 누렸던 상대적 자유는 사산 페르시아 제국이 멸망하고 이슬람의 지배가 시작되면서 종말을 고했다. 유대인들은 이슬람 제국 내에서 기독교도 및 조로아스터교도와 함께 '딤미'의 지위로 전락해 자신들의 종교를 유지하는 대신에 인두세 '지즈야'를 납부해야 했으며 무슬림들에 비해 여러 가지 차별 대우를 받아야 했다. 딤미들은 또한 준나르(zunnār)라고 불리는 특정 색깔의 옷을 입거나 허리띠를 두름으로써 자신의 신분을 드러내야 했다. 그들은 말을 탈 수 없었으며 무기 소지도 금지되었다. 무슬림 여성과의 결혼이 금지되고 무슬림보다 큰 저택을 소유할

테헤란의 유세파바드(Yusef-abad) 유대교 회당 내부

수 없었다. 하지만 이러한 차별에도 불구하고 지즈야만 납부하면 종교적 자유가 허용되었기 때문에 이란에서의 유대인들은 자신들의 정체성을 계속 유지할 수 있었다.

20세기까지 유대인들은 도시 내의 특별구역을 거주지로 부여받았다. 일반적으로 유대인들은 가난한 소수집단이었으며 주로 소규모의 상업, 고리대금업, 보석상 등을 경영했다. 1925년 팔레비 왕조가 들어서면서 유대인들은 경제적, 사회적 부흥의 기회를 갖게 되었다. 그들은 미국을 비롯한 해외 유대사회로부터 원조를 받아 자신들의 집단 거주 지역에 전기, 상하수도, 위생시설을 설비했다. 유대인들은 또한 테헤란과 주요도시의 시장에서도 영향력을 갖게 되었고 2차 세계 대전 후에는 몇몇 유대인 엘리트들이 약국, 병원, 치과와 같은 전문직에 종사하기 시작했다.

이스라엘 건국 이후인 1948년부터 이슬람 혁명 전인 1977년까지 약 4만5천 명의 유대인이 이스라엘로 이주했기 때문에 이란 내의 유대인들은 이스라엘에 많은 친인척을 갖고 있다. 중동에서 이스라엘과의 대립으로 긴장이 고조될 때마다 많은 유대인들이 의심을 받았으며, 이란 정부는 편지와 전화 교류를 증거삼아 몇몇 유대인들을 간첩죄로 체포, 추방, 처형시켰다. 비록 이와 같은 이란 정부의 조치가 개인적인 압박에 그쳐 전체 유대 사회에는 큰 영향을 미치지는 못했지만, 미래에 대한 불안을 유발시켜 유대인들의 대규모 해외 이주가 수차례 거듭되었다.

1979년 이슬람 혁명 이전까지 이란에 거주하던 유대인의 수는 8~10만 명에 달하는 것으로 알려져 있지만 혁명 와중에 불안을 느낀 유대인들의 상당수가 다시 미국, 이스라엘, 서구 각국으로 이주해 그 수는 급격히 감소했다. 현재 이란 내의 유대인 인구는 정확히 알려져 있지 않으며 발표 자료마다 그 수치도 현격하게 차이가 난다. 보통 약 25,000명으로 추산되고 있지만 2012년에 발표된 이란 정부의 통계는 8,700여 명에 불과했다. 그럼에도 불구하고 이란은 이슬람 국가 중 가장 많은 유대인 인구를 보유하고 있으며 중동에서는 이스라엘에 이어 두 번째로 큰 유대교 공동체를 갖고 있다. 그들 대부분은 테헤란 및 이스파한과 같은 대도시에 집중되어 있다.

## 파란만장한 역사를 간직한
## 이란의 기독교

예수가 탄생할 당시 이란은 파르티아 제국의 통치하에 있었으며 여전히 조로아스터교가 지배적인 종교로 자리 잡고 있었다. 마태오복음 2장에서 갓난아기 예수를 방문한 동방박사 세 사람 중 최소한도 한 명은 조로아스터교 승려였다는 가설은 이미 기독교 학자들에 의해 정설로 간주되고 있다. 초창기 기독교 세계의 각종 벽화에 그려진 동방박사들은 파르티아 인들의 복장을 하고 있다. 사도행전 2장9절에 따르면 오순절에 예루살렘에는 바대(파르티아)인들과 또 다른 이란계 민족인 메데인들이 있었다고 언급하고 있다. 초창기 기독교의 기록에 따르면 베드로와 도마는 파르티아인들에게 복음을 전파했으며 유다 타대오와 바르톨로메오는 아르메니아와 페르시아 인들을 기독교로 개종시켰다고 전하고 있다.[8] 이 때문에 두 사람은 오늘날에도 아르메니아 사도교회의 수호성인으로 간주되고 있다. 종교에 관대했던 파르티아 제국의 군주들 덕분에 로마제국의 극심한 박해에 시달렸던 기독교인들은 이란에서 피난처를 구했다. 이 때문에 이란 곳곳에는 교회와 수도원이 건립되었으며 수많은 기독교 공동체가 형성되었다.

파르티아의 뒤를 이어 224년에 사산 페르시아 제국이 건국될 당시 이란에는 최소한도 20개의 대교구가 설치되어 있었다.[9] 하지만 라이벌이었던 비잔틴 제국이 기독교를 국교로 선포하자 상황은 돌변했다. 심지어 당대의 기독교 역사가였던 유세비우스

(Eusebius, 340 사망)에 따르면 기독교를 공인한 콘스탄틴 황제가 사산 왕조의 샤푸르 2세에게 편지를 보내 기독교의 우월성을 주장했다고 한다. 이에 맞서서 페르시아 황제들은 이란 민족의 전통종교였던 조로아스터교를 국교로 선포한 후 기독교 공동체에 차별과 박해를 가해왔다. 그러나 바흐람 2세(Bahrām II, 274~293 재위) 및 샤푸르 2세(Shāpūr II, 309~379 재위)와 같은 몇몇 군주를 제외하고 대부분의 사산 왕조 군주들은 타 종교에 무관심했기 때문에 이란에는 기독교 교회가 존속할 수 있었다. 특히 호르미즈드 3세(Hormizd III, 457~459 재위) 이후에는 차별은 있었을지언정 기독교에 대한 극심한 박해는 한 번도 없었다. 사산 페르시아 제국 내의 기독교도들은 수도 크테시폰에 총대교구를 설립하고 멀리 중앙아시아 및 중국에까지 선교사를 파송하기도 했다. 특히 실크로드를 무대로 종횡무진했던 이란계 소그드 족이 기독교의 동방 선교에 큰 역할을 수행했다.[10] 431년 제4차 에페수스 종교회의에서 이단으로 판결을 받은 네스토리우스와 그 지지자들의 망명처도 이란이었다. 네스토리우스파 기독교도들은 페르시아 정부의 공인을 받아 활동하기 시작했으며 특히 488년의 준디샤푸르 종교회의 이후 모든 이란의 기독교 공동체는 네스토리안 교회에 병합되었다. 이들은 실크로드를 통해 당나라 시대의 중국까지 진출해 경교(景敎)라는 이름으로 전파되어 조로아스터교와 마니교와 함께 삼이교(三異敎)를 형성하기도 했다.

651년 아랍 민족에 의해 사산 페르시아제국이 멸망한 후 이란 민족은 점진적으로 자신들의 전통과 종교를 버리고 이슬람을 받아들였다. 여전히 이란에 존속하고 있던 기독교도들은 이슬람 세계의 비-무슬림들에게 부여되는 '딤미'의 신분으로, 이번에는 새로운 지배자 이슬람의 시달림을 받아야 했다. 하지만 개종을 강요하지 않는 코란의 율법 덕분에 여전히 이란 땅에는 기독교 공동체가 존속할 수 있었다. 조로아스터교를 믿던 이란 민족 대부분은 이슬람으로 개종했음에도 불구하고 '마왈리(Mawali)'라고 불리는 비-아랍 무슬림에 대한 차별 정책에 시달렸다. 딤미로서의 기독교도들과 마왈리로서의 이란 민족은 아랍민족의 차별이라는 동질성 때문에 비교적 가까운 관계를 유지했다.[11] 특히 9세기 이후의 소위 "이슬람 황금시대(Golden Age of Islam)"에 이란의 기독교인들은 세계 최고의 문명을 이룩하는 데 일익을 담당했다. 이란의 기독교도들은 10-11세기 십자군 전쟁 당시나 혹은 14세기 티무르와 같은 광신적인 무슬림 정복자들이 나타났을 때 극심한 박해를 겪기도 했지만 꿋꿋하게 살아남았다.

현재 이란에 형성되어 있는 주요 기독교 종파로는 약 25만 명의 아르메니아 사도교회(Armenian Apostolic Church), 약 3만2천명의 아시리아 동방교회(Assyrian Church of the East), 약 2만 명의 로마 가톨릭 교회, 약 4천 명의 칼데아 가톨릭교회(Chaldean Catholic Church) 등이 있다. 그 외에 19세기와 20세기에 서양의 선교사들에 의해 개종한 극소수의 이란인 개신교도들도 존재하는 것으로 알려져 있다. 이들 중 오직 아르메니아 사도교회와 아시리아 동방교회만이 이란 헌법에서 공식 종교로 인정받고 있다. 주로 아르메니아 민족으로 구성되어 있는 아르메니아 사도교회

이란의 에스파한에 위치한 반크 아르메니아 교회

교도들은 주로 테헤란과 에스파한을 중심으로 한 대도시에 집중
되어 거주하고 있다. 아시리아 동방교회 교도들도 주로 대도시에
거주하지만 일부는 이란 서부의 오르미예(Ormiyeh) 호수 근처에
몇몇 집단 촌락을 형성해 살고 있다.

　이 두 종파는 1906년에 제정된 헌법에 따라 이란의 공식적인
소수 종교로 인정받았다. 이들은 비록 개인적으로는 차별대우를
받았지만, 근현대사에서 박해의 대상이 된 적은 없었다. 20세기
들어와 이들은 테헤란에서 경제적–사회적 분야에 활발히 참여해

자신들의 지위를 향상시켰다. 특히 아르메니아인들은 자신들의 공동체 내에 초중등학교를 소유하고 있다. 혁명 후의 이란이슬람 공화국 헌법도 역시 아르메니아 사도교회와 와 아시리아 동방교회를 공식 종교로 인정하고 있다. 아르메니아 교회는 2명, 아시리아 교회는 1명의 국회의원을 공동체 스스로 선출해 이란 국회에 보낼 수 있으며, 자신들의 종교 및 관습법에 따라 결혼, 이혼, 상속 문제를 해결할 수 있다. 아르메니아와 시리아 교회 이외의 다른 기독교 종파들은 이란 정부에 의해 공식 종교로 인정받지 못하고 있으며 성공회의 경우 수차례 탄압을 받기도 했다. 모든 기독교도들은 복장, 금주, 공공 모임에서의 남녀 분별 등과 같은 문제에서 이란 헌법을 따라야 한다. 이란 교육부는 아르메니아 학교에 대해서도 강력한 규제를 행하고 있다. 아르메니아 학교의 교장은 무슬림 중에서 임명할 것, 모든 강의는 페르시아어로 진행할 것, 아르메니아 관련 강좌를 교과목에 넣을 때는 이란 정부의 승인을 받을 것, 학교에서 모든 여학생들은 히잡을 착용할 것 등을 규정하고 있어서 아르메니아인들의 불만이 높다.[12]


## 소수 종교 탄압의 희생양, 바하이교

이란에서 가장 규모가 큰 소수 종교가 150년의 상대적으로 짧은 역사를 가진 바하이교이다. 바하이교는 1840년대에 시아파 이슬람 사이에서 개혁운동을 부르짖으며 등장한 종교이다. 처음에는 시아파 성직자들과 사회에 불만을 품은 서민 세력들 사이에 많은 추종자를 얻었다. 그러나 1853년에 창시자 바하울라 미르자 후세인(Bahaullah Mirza Hussain, 1892 사망)이 스스로 예언자를 자처하고 나서자 이것이 이슬람 교리에 크게 위배되어 박해를 받기 시작했다. 19세기 후반 바하이 지도자들은 오스만 투르크 제국 치하의 팔레스타인 지역으로 추방된 후 기독교, 유대교와 같은 다른 세계적 종교의 교리를 도입해 바하이교의 교리를 다듬었다. 20세기 초에 바하이교는 모든 인류의 형제애와 평등, 남녀평등, 세계 평화의 기치를 내걸어[13] 유럽과 미국, 인도, 이집트, 팔레스타인 등지에서 비교적 많은 신도를 얻고 있다. 우리나라에는 이슬람보다 먼저 상륙해 무슬림보다 많은 바하이교도가 있다.

영국 학자 바레트(David Barrett)는 바하이교가 기독교 및 이슬람교와 함께 지구상에서 가장 폭넓게 분포되어 있는 3대 종교라고 단정했다.[14] 전 세계적으로 5백만 명 이상의 바하이 교도들이 전 대륙에 분포되어 있으며 그 중 약 35만 명이 이란에 거주하고 있어 이란 전체 인구의 약 0.5%를 차지한다.[15]

바하이 교도는 이란 전역에 소규모의 집단사회를 형성해 살고 있는데 대부분 테헤란을 비롯한 도시지역에 거주하고 있다. 일부 바하이 교도들은 파르스(Fars) 및 마잔다란(Mazandaran) 지역에서 바하이 촌을 형성하고 있다. 대부분의 바하이 교도들은 페르시아어를 구사하는 이란인이지만, 아제르바이잔 지역에는 아제리 터키어를 구사하는 투르크계 민족이, 그리고 쿠르디스탄 지역에서는 쿠르드어를 구사하는 쿠르드 족이 일부 바하이교를 믿고 있다.

이란에서 바하이교는 이단으로 간주된다. 이 때문에 바하이 교도들은 차별대우를 받았고 때로는 심한 박해도 받았다. 이들은 소위 '이데올로기 학살'의 목표가 되고 있다.[16] 세속주의 정책을 펼쳤던 팔레비 왕조 기간(1925~1979)에 바하이교의 지위는 많이 개선되었다. 이 기간 중에 바하이 교도는 법으로는 금지되어 있었으나 정부의 요직에 등용될 수 있었고 그들 자신의 학교를 소유할 수 있었으며 많은 사람들이 자신의 직업이나 사업에 성공할 수 있었다. 그들의 상황은 혁명 직후 급변했다. 혁명 정부는 바하이교를 이란 내의 공식 종교로 인정하지 않았을 뿐 아니라 박해를 가하기 시작했다. 약 700명 이상의 바하이 지도자들이 체포되었고 그 가운데 일부는 이슬람으로부터의 배교라는 죄목으로 처형되기도 했다. 이란 정부는 이란 국내의 바하이교 성지 대부분을 파괴했다. 바하이교에 영향을 주었던 바비 운동의 창시자 바브(Bāb, 1819~1850)의 시라즈에 있는 생가와 바하울라가 어린 시절을 보냈던 테헤란의 생가도 파괴되었다. 파괴된 바하이 성지의 일부는 모스크가 건설되었다. 바하이 학교는 모두 폐쇄되었고 그들의 공공재산은 몰수되었다. 그들은 정부의 공무원 임용에서 제외되었으며 주민증도 발급받지 못했다. 정부 보안군은 그들이 이란 대중으로부터 폭력과 약탈을 당해도 방관하는 자세를 취했다.

## 이란의 다문화 사회, 위기인가 기회인가?

역사적으로 대부분의 이슬람 왕조가 그랬던 것처럼 이란에서도 신정일치의 왕조가 존속되었다. 대부분 왕조가 이슬람법에 근거해 법을 집행했으며 신정일치에 유사한 국가 형태를 유지했다. 그러나 1925년에 권력을 잡은 이란의 마지막 왕조 팔레비 왕조는 이란 역사상 보기 드물게 세속주의 정책을 폈다. 특히 마지막 왕 모함마드 레자 팔레비(Mohammad Reza Pahlavi, 1941~1979 재위)는 '백색 혁명(White Revolution)'이라는 기치 아래 서구 열강의 지원을 받으며 이란을 현대화 및 서구화시키려고 노력했다. 그는 이슬람보다는 이슬람 이전의 이란 정신에 더 가치를 두어 이란 민족주의를 강조했다. 그는 또한 전통적인 이슬람 관습을 폐지시키고 시아 성직자들의 권한을 대폭 축소시켰으며, 한편으로는 원유로부터 획득한 부를 서구 열강들의 무기와 맞바꾸어 중동의 패자로 군림하려는 야심찬 계획을 갖고 있었다. 아마도 과거 두 차례의 영광스러웠던 페르시아 제국의 재건을 꿈꾸었던 것 같다. 그러나 그의 급진적인 개혁정책은 일부 개화된 상류층 엘리트만의 지지를 받았을 뿐, 빈부의 격차로 소외된 빈민층의 불만을 샀을 뿐 아니라, 이란 사회에서 전통적으로 존경받았던 시아파 성직자들의 권위를 무시함으로써 이들의 큰 반발을 샀다. 결국, 1979년 아야툴라 사이드 호메이니(Ayatullah Sayyid Khomeini)가 이끄는 반정부 세력이 이란 혁명에 성공을 거둠으로써 팔레비 왕조는 멸망했다.

혁명 세력은 신정부를 세우자마자 국호를 '이란이슬람공화국 (Islamic Republic of Iran)'이라고 정하고, 이슬람법에 기초해 헌법을 제정하는 등, 현대사에서는 보기 드문 신정일치 국가를 다시 건설했다. 종교 최고 지도자인 호메이니가 '파키흐(faqih)'라는 직책으로 국가의 수반이 되는 신정일치 국가였다. 팔레비 왕조 시대에 진행되었던 세속정책은 모두 폐지되고 철저한 종교정책이 시행되었다. 따라서 오늘날의 이란에서 정부의 구조 자체가 하나의 거대한 성직제도요, 국가의 모든 법은 이슬람법 그대로이다.

그럼에도 불구하고 이란의 헌법은 기독교, 유대교, 조로아스터교의 종교적 자유를 보장하고 있으며 이들 종교적 소수 공동체는 자신들의 결혼, 이혼, 상속 문제에 관한 한 자신들의 종교법 및 관습법을 따르는 것이 허용된다. 뿐만 아니라 기독교, 유대교, 조로아스터교 공동체는 국회에 각자 자신들의 대표를 선출해 보낼 수 있다. 하지만 이 세 종교를 제외한 나머지 소수 종교는 전혀 인정받지 못한 채 차별과 박해에 시달리고 있다. 공식적으로 인정받은 소수종교 공동체 역시, 비록 헌법상으로는 무슬림들과 동등한 기회를 부여받고 있지만, 실제로는 많은 제약과 차별이 존재하고 있다. 예를 들면 비-무슬림들은 정부 요직에 등용될 수 있지만 보이지 않는 차별로 인해 고위직에 오르는 것은 상상하기 어려운 일이며 군사 복무에도 제외되고 있다. 소수종교 공동체의 교육도 정부 당국의 심한 감시를 받고 있다. 미 국무부가 매년 발행하는 이란의 종교자유 보고서 및 비정부 기구 인권단체들은 이러한 사례들을 자주 고발하고 있다.

글로벌 시대에 어느 국가나 가장 중요시하는 문제는 그들이 지니고 있는 다문화 정체성을 어떻게 국가 정체성으로 응집시켜 국가의 발전을 유도하는가이다. 다문화 사회는 때로는 문화적 응집력의 결핍으로 점차 부족 문화 혹은 지역 문화의 공격을 받거나 양극화에 이르기 쉽다. 따라서 이란이 다원적 문화의 특성을 살리지 않고 무시와 차별정책으로 일관한다면 국가 정체성 분열의 위협이 될 수 있지만 그 다원적 특성을 잘 활용한다면 국가 발전의 동력이라는 좋은 기회가 될 수도 있다.

## 주

1) Boyce, Mary. *A History of Zoroastrianism*, Leiden, 1975~82, Vol. I, pp.190~191. 조로아스터의 생존 연대에 관한 논문으로는 Jackson, A. V. Williams, "On the Date of Zoroaster" *JAOS 17*, 1896, pp.1~22 및 Klima, Otakar, "The Date of Zoroaster" *Archiv Orientali 27*, 1959, pp.556~64. 참조.

2) 특히 조로아스터교의 교리가 유대교-기독교-이슬람교로 이어지는 소위 "아브라함의 종교"의 메시아, 최후의 심판일, 천국과 지옥의 교리 등에 큰 영향을 미쳤다는 것이 종교 학자들의 중론이다. 이에 관해서는 Willey, Mark. "Zoroastrianism on Judaism and Christianity" *The Circle of Ancient Iranian Studies(CAIS)*, (http://www.cais-soas.com/CAIS/Religions/iranian/Zarathushtrian/zoroastrianism_influence.htm) 참조. 조로아스터교의 종말론에 대해서는 Shaked, Shaul. "Eschatology - In Zoroastrianism and Zoroastrian Influence" *Encyclopaedia Iranica*, Columbia University Press, 1998, Vol. VIII, pp.565~569 참조.

3) Malandra, William W. "Zoroastrianism - Historical Review up to the Arab

Conquest" *Encyclopaedia Iranica Online*, Columbia University, 2005. (http://www.iranicaonline.org/articles/zoroastrianism-i-historical-review)

4) Amighi, Janet Kestenberg. *The Zoroastrians of Iran: Conversion, Assimilation, or Persistence (Ams Studies in Anthropology)*, Ams Pr. Inc. 1990, p.143.

5) Houman, Sarshar. "Judeo-Persian Communities of Iran" *Encyclopaedia Iranica*, Columbia University Press, 2009. Vol. XV, p.89.

6) Dangoor, Naim. "The Jews of Iraq" *The Scribe*, Autumn 2001, Issue 74. (http://www.dangoor.com/74034.html)

7) Price, Massoume. "A Brief History of Iranian Jews" (http://www.iranonline.com/History/jews-history/2.html)

8) 기독교 역사 초기 아르메니아 및 파르티아 선교에 관해서는 Russell, J. R. "Bad Day at Burzēn Mihr: Notes on an Armenian Legend of St. Bartholomew" *Bazmavēp* 144, 1986, pp.255~267. 참조.

9) Asmussen, J. P. "Christians in Iran" *Cambridge History of Iran*, Cambridge University Press 1983, Vol. III/2, p.925.

10) 이와 관련한 논문으로는 필자의 논문 「페르시아 문화의 동진과 소그드 민족의 역할」, 『중동연구』 27-1호, 2008. 참조.

11) 이와 관련해 필자의 논문 「페르시아 문학 속의 예수 관련 표현 연구」, 『중동연구』 31-1호, 2008. 참조.

12) Price, Massoume. "A brief History of Christianity in Iran", (http://www.iranchamber.com/religions/history_of_christianity_iran1.php, December 2002)

13) Hutter, Manfred. "Bahā'īs" *Encyclopedia of Religion*, Detroit, Macmillan Reference, Vol. II, pp.737~740.

14) Barrett, D. "World religious statistics" *1988 Britannica book of the year* (eds by D. Daume & L. Watson), Chicago, 1988, p.303.

15) Affolter, Friedrich W. "The Specter of Ideological Genocide: The Bahá'ís of Iran" *War Crimes, Genocide, & Crimes against Humanity*, Penn State Altoona, 2005, p.78.

16) Smith, R. W. "State power and genocidal intent: on the uses of genocide in the twentieth century" *State power. Studies in comparative genocide* (eds by Chorbaijan, L. & G. Shirinian), New York, St. Martin's Press. 1998. p.8. 스미스는 여기에서 '이데올로기 학살(ideological genocide)'을 "당대의 특정 이데올로기를 보호 혹은 방어하기 위해 사용되는 정치적 수단"이라고 정의했다.

05

# 세계문학에 개입하는
# 4·3문학

고명철

●　●　●

### 고명철(高明徹)

광운대학교 국어국문학과 교수. 문학평론가. 주요 저서로는『흔들리는 대
지의 서사』,『리얼리즘이 희망이다』,『뼈꽃이 피다』,『문학, 전위적 저항
의 정치성』등 다수. 아프리카·아시아·라틴아메리카 문학(문화)을 공부하
는 '트리콘' 대표. 계간『실천문학』및『리토피아』편집위원과 반년간『비
평과 전망』,『리얼리스트』,『바리마』편집위원 역임.

# 지구적 시계(視界)를 겸비한 4·3문학

대한민국 정부 수립(1948) 이후 제주 4·3사건(1948)에 대한 국가권력의 강요된 망각과 편향적이고 왜곡된 기억의 강제는 4·3을 둘러싼 역사적 진실 탐구 자체를 오랫동안 허락하지 않았다. 국내에서는 작가 현기영의 단편 「순이 삼촌」(『창작과비평』, 1978년 가을호)이 발표되면서 비로소 한국현대사의 암울한 터널 바깥으로 4·3사건의 전모가 드러나는 역사적 계기를 갖게 된다.[1] 그런데 이보다 3년 전 미국에서는 주한미군으로 근무한 적 있는 존 메릴(John Merrill)이 미국의 국립문서기록관리청 등지에서 보관되고 있는 4·3관련 미군 자료를 중심으로 하버드대학교에서 「제주도 반란(The Cheju-do Rebellion)」(1975)이란 제목으로 석사학위를 받음으로써 전 세계적으로 최초로 4·3을 학술적으로 연구했다. 현기영의 「순이 삼촌」은 작중 인물 '순이 삼촌'을 중심으로 한 제주의 무고한 양민이 이른바 '빨갱이 사냥(red hunt)'이란 반문명적·반인간적·반민중적 폭력 아래 억울한 죽음을 당한 제주 민중의 수난사에 초점을 맞춤으로써 대한민국 건국 과정에서 원통히 죽어간 제주 민중에게 가해진 국가폭력을 증언·고발해낸다. 그리고 존 메릴은 그의 논문에서 밝히고 있듯, "제2차 대전 이후 점령군에 대하여 제주도에서와 같은 대중적 저항이 분출된 곳은 지구상 어디에서도 찾아볼 수 없었다."고 한바, 4·3사건의 역사적 희생자인 제주 민중이 당시 미군정(美軍政)과 한국정부에 대해 봉기를 일으킨 측면을 간과하지 않았다.[2]

여기서, 우리가 다시 주목해야 할 것은 현기영과 존 메릴의 접근에서 보여주고 있는 두 시각이다. 그동안 4·3문학에 대해 괄목할 만한 창작 성과와 비평 및 연구가 축적되고 있는 것을 애써 외면해서는 곤란하다.[3] 하지만 동시에 우리가 준열히 경계하고 성찰해야 할 것은 그동안 이들 성과에 우리도 모르는 사이 자족하거나 안주해버린 채 4·3을 기념화·화석화(化石化)하는 것 또한 곤란하다. 4·3문학은 늘 깨어있어야 하며, 예각화된 시선을 갖고 4·3을 한층 웅숭깊게 탐구해야 한다. 이를 위해 우리는 초발심의 차원에서 현기영과 존 메릴의 접근으로부터 4·3문학이 혹시 소홀히 간주했거나 미처 탐침하지 못한 것들이 없는지 헤아려봐야 한다. 때문에 우리는 현기영과 존 메릴의 시각을 횡단적으로 볼 필요가 있다.

4·3에 대한 제주 민중의 수난사는 제2차 대전의 승자인 점령군―미군의 군정과 밀접한 연관이 있다. 우리는 일제로부터 해방하여 식민주의를 벗어났지만, 기실 미군정에 의한 친일협력자들의 재등용과 제2차 대전 이후 새롭게 재편되는 동아시아의 국제정세와 맞물려 새로운 정치경제적 헤게모니를 장악하기 시작한 미국의 새로운 식민지배, 즉 신식민주의의 주도면밀한 관철은 제주 민중의 수난사가 제2차 대전 이후 본격적으로 형성될 세계 냉전체제의 암울한 전조(前兆)를 제주에서 극명히 드러낸다. 따라서 4·3문학은 이 같은 국제정세를 포괄적으로 보는 역사적 시계(視界)를 가져야 한다. 그럴 때 현기영에게서 제기된 제주 민중의 수난사와 존 메릴에게 주목되는 미군 점령군(여기에는 미군정의 지원

을 받는 한국정부를 포함)에 대한 제주 민중의 저항을 다루는 4·3문학은 해방공간의 특수한 지역 문제에 한정된 '지역문학'으로만 인식되는 것도 아니고, 이 시기를 다룬 한국문학사를 온전히 구축시키는 차원에서 그것의 결락된 부분을 충족시켜주는 데 자족하는 한국문학, 곧 '국민문학'으로만 인식되는 것도 아닌, 세계 냉전체제의 발아되는 현장과 현실에 연동되는 '세계문학'의 문제틀(problematics)로서 새롭게 인식될 수 있다.

사실, 필자는 이와 관련하여, 다음의 논의를 펼친 적이 있다.

> 4·3문학은 새 단계에 걸맞는 방향 전환으로 '기억의 정치학'을 과감히 시도해야 합니다. 이를 위해서는 크게 이중의 과제를 설정하고 수행해야 하는데, 하나는 **지구적 국제성을 획득하는** 일이고, 다른 하나는 한국문학의 '**또 다른 근대(혹은 근대극복)'을 선취(先取)하는** 일입니다. 전자의 경우 4·3문학의 일국적 문제틀로부터 과감히 벗어나 4·3문학과 창조적으로 연대할 수 있는 세계문학과 상호침투적 관계 맺기를 적극적으로 노력해야 합니다. 여기에는 지금까지 통념화되고 있는 세계문학을 염두에 둔 게 아닌, 유럽중심주의를 발본적으로 성찰하는 가운데 생성되는 세계문학을 재구성할 수 있는 가능성의 원대한 꿈을 결코 과소평가해서는 안 됩니다. 후자의 경우 전자의 기획을 구체적으로 실현시킬 수 있는 것인데, 4·3문학을 아우르고 있는 제주문학 특유의 미적 실천을 주목함으로써 4·3문학이 유럽중심주의 미학을 창조적으로 극복하여 한국문학의 오랜 숙제인 서구문학의 근대와 '다른 근대(혹은 근대극복)'을 실천할 수 있습니다.[4] (밑줄 강조-인용)

유럽중심주의가 내밀화된 문학 주체들은 이 같은 생각을 제3세계의 민족주의로 치부한다든지 세계의 엄연한 현실을 몰각한 낭만적 이상주의로 간주하기 십상이다. 하지만 필자가 과문한지 모르겠지만, 저간의 세계문학에 대한 논의들 속에서 여전히 유럽중심주의는 똬리를 틀고 있는 형국이다. 여기서 강조해두고 싶은 것은 국민문학을 중심으로 한 논의 구도가 지속되는 한 유럽중심주의에 젖줄을 대고 있는 국민문학의 문제틀로서는 기존 세계문학을 창조적으로 넘어서는 일이 한갓 도로(徒勞)일 뿐이라는 점이다.[5] 그래서 필자는 4·3문학이 우리에게 자동화되고 관습화된 세계문학이 함의한 것과 '다른' 세계문학을 새롭게 구성할 수 있다고 본다. 그것은 존 메릴이 언급했듯, 제주 민중은 제2차 대전 이후 신제국주의로 등장한 미국에 대한 '대중적 저항'을 분출한 만큼 이 저항이 함의한 것들을 4·3문학은 지구적 시계(視界)의 차원에서 기획·실현할 수 있기 때문이다. 이럴 때 4·3문학은 기존 세계문학을 "우리와 무관한 다른 세계의 문학이 아니라 우리 자신이 우리의 삶으로서 주체적으로 참여할 수 있는, 즉 '개입으로서의 세계문학(world literature as an intervention)'"[6]으로 발돋움할 수 있는 것이다.


## 항쟁 패배자와 승리자에 대한 '기억의 정치학'

우선, 작가 현기영의 다음과 같은 언급에 귀를 기울여보자.

4·3이 국가추념일로 지정되면서 마치 4·3의 모든 것이 해결된 것처럼 생각하는 모양입니다. 4·3이 어둠 밖으로 제 몸을 드러내자 갑자기 그 빛을 잃어가는 느낌입니다. 끊임없이 4·3을 재기억하는 일이 중요합니다. 재기억이란 지워졌던 역사적 기억을 되살려 끊임없이 되새기는 일, 대를 이어 역사적 기억의 일부만 용납되고 있는 현실입니다. 양민 피해자의 기억은 어느 정도 허용되고 있지만, **항쟁 패배자의 기억**은 철저히 부정되고 있는 것입니다. 70년 가까운 세월이 흘렀으면, 이제 그들을 감싸 안는 아량이 있어야 하지 않겠습니까? 패배자의 기억 또한 회복시켜야 합니다.[7]
(밑줄 강조-인용)

현기영의 위 발언이 의미심장한 것은 한국이 아닌 일본에서 타전되고 있다는 사실이다. 일본이 한국보다 분단이데올로기의 억압이 상대적으로 자유로웠을까. 현기영은 작심한 것인 양 그동안 한국사회에서 좀처럼 발언하지 않은 사안, 즉 4·3사건에서 군경토벌대에 맞선 무장대에 대한 기억을 회복시켜야 한다는 것을 환기하고 있다. 국가차원에서 4·3특별법이 제정(2000)되고, 4·3진상보고서가 여야합의로 채택(2003)되고, 뿐만 아니라 고(故) 노무현 대통령이 제주도민에게 국가차원의 사과(2003)를 한 후 4·3이 국가추념일로 지정(2014)되면서 국가적 억압으로부터 형식적으로 해방된 것은 분명하지만, 4·3사건을 에워싼 기억 중 무장대에 대한 그것은 현기영을 비롯한 한국문학에서는 아직 이렇다 할 본격적인 작업이 없다고 해도 과언이 아니다. 왜냐하면 무장대를 형상화하기 위해서는 해방공간에서 4·3사건을 구성하는 역사의 시간에 따라 조직·해체·구성되는 무장대의 활동을 촘촘히 추적해야 하는데,[8] 여기에는 불가피하게 한국사회의 무소불위로 작동하고 있는 국가보안법이란 실정법과 정면으로 부딪칠 수밖에 없는 곤혹스러움에 직면해야 하기 때문이다.[9] 따라서 4·3의 역사적 진실을 추구하고 그 역사적 복권을 위해서는 아직도 해결해야 할 과제가 녹록치 않다.

그래서 우리는 현기영의 위 발언이야말로 작가생활의 거의 모든 것을 4·3의 진실 추구에 쏟아온 노작가가 자신의 4·3문학의 한계에 대한 자기성찰을 하는 것과 동시에 기존 4·3문학에서 결여된 부분을 냉철히 응시하는 것으로 이해할 필요가 있다. 이것은 결국 답보 상태에 머무르고 있는 작금의 4·3문학의 새 지평을 모색하기 위해 작가의 오랜 문제의식을 드러낸 것이기도 하다.

그런데, 4·3문학에서 재기억해야 할 대상으로 치열히 탐구해야 할 또 다른 대상은 미군정의 개입 양상이다. 이것은 달리 말해 항쟁 승리자의 기억을 철저히 천착해야 한다는 것을 말한다. 그동안 항쟁 패배자의 기억이 승리자의 기억, 즉 대한민국(미군정의 지원과 미국)의 공식기억(official memory) 속에서 억압·왜곡·부정되었다면, 승리자의 기억 또한 승리자의 시선 아래 착종·왜곡·은폐되었다 해도 과언이 아니다. 물론, 그동안 4·3문학이 4·3사건에 개입한 미군정(또는 미국)을 외면했던 것은 결코 아니다. 현기영의 일련의 단편들(「아스팔트」(1984), 「거룩한 생애」(1991), 「쇠와 살」(1991), 「목마른 신들」(1992))과 무크지 『녹두서평』에 전재된 이산하의 장편 서사시 「한라산」(1987), 그리고 김명식의 장편 서사

주민들이 화마(火魔)를 피해 피신한 동굴 안 삶의 흔적

무장대가 한라산에서 거처했던 거주지 모습

시 『한라산』(신학문사, 1992) 등 몇 안 되는 문제작을 통해 미군정과 미국의 반문명적 폭력의 실태가 적나라하게 증언·고발되고 있는 것은 주목할 만한 4·3문학의 성취다. 사실, 이들 작품이 써진 시기만 하더라도 미국이 4·3에 개입한 실증적 자료들을 창작자들이 접하기가 어려웠을 뿐만 아니라 이에 대한 사회과학 연구도 크게 진척되지 않는 상황에서 4·3문학이 미국 관련 여부를 형상화하는 것은 결코 쉬운 일이 아니었다. 하지만 이후 미국이 4·3에 깊숙이 연루된 자료들이 실증적으로 조사 정리된바, 가령 『제주 4·3사건 자료집(미국자료편②)』(제주 4·3사건진상규명및희생자명예회복위원회, 2003), 『제주 4·3자료집−미군정보고서』(제주도의회, 2000), 『미군CIC정보보고서』 전4권(중앙일보현대사연구소, 1996) 등이 발간됨으로써 4·3문학은 이 문제에 대해 한층 진전된 작업을 수행할 수 있을 것으로 기대한다.

특히 필자가 기대하는 것은 4·3문학이 제주의 4·3사건을 미국의 신제국주의 지배가 어떻게 정략적으로 이용했는지를 치밀히 탐구함으로써 제2차 대전 이후 미국 주도의 근대성(/식민성)을 제주와 비슷한 정세에 놓인 해당 지역에 어떻게 재생산하고 있는지를 살펴보는 것이다. 이 과정에서 주도면밀하게 억압·왜곡·부정되는 미국의 신제국주의의 공식기억의 양상이 드러나는데, 이러한 공식기억은 로컬기억(local memory)을 끊임없이 지배할 뿐만 아니라 역사적 상처를 준 공식기억을 희석화하고 심지어 미화하는 것을 통해 이 같은 공식기억을 문제삼고 저항하고자 하는 대항기억(counter-memory)으로서 로컬기억을 무력화시킨다. 공식기억의 이 집요한 기획과 실행은 로컬기억이 수반하고 있는 미국 주도의 근대성과 또 다른 근대성을 결국 휘발시키게 된다. 따라서 4·3문학이 재기억해야 할 승리자의 기억에 대한 정치학은 바로 이 같은 점을 간과해서 안 된다. 이것은 4·3사건에 대한 미국의 반문명적 폭력을 증언·고발하는 데 자족하는 게 아니라 미국 주도의 근대성을 발본적으로 성찰하는 문제의식을 요구하는 것이다.

## 4·3문학의 구술적 표현 :
## 제주어의 구술성과 텍스트의 문자성의 상호작용

제주어는 지구상의 숱한 방언들 중 하나다. "방언은 사람들의 살아온 자취, 흔적, 잔해와 세월의 흐름에 따라 이루어낸 위엄이 새겨져 있는 오래된 역사의 주름"[10]인 만큼, 제주어에는 제주를 삶의 터전으로 살아온 사람들의 내력이 고스란히 배어 있다. 따라서 제주어를 문학적 형상화의 질료로 삼는 제주문학의 경우 제주어의 구술성(口述性, orality)이 텍스트의 문자성(文字性, literacy)과 혼효·습합·길항하는 작용 속에서 구미중심의 (탈)근대문학에 균열을 낼 뿐만 아니라 내파(內破)함으로써 '또 다른 (탈)근대'의 세계를 모색할 수 있다.

(가) 집이영 눌이영 문짝 캐와불멍/어멍 아방 죽여부난/야일 살

려보잰/굴 소곱에 강 곱곡/대낭 트멍에 강 곱곡//울어가민 걸리카부댄/지성기로 입을 막아부난/숨 ㅂ땅 볼락볼락 허는 걸/둑지 심엉 애야 흘글쳐 보곡/가달 심엉 좁아틀려도 보곡//내 나이 일곱이랐주/배 갈란 석 달 된 어린 아시 업언/되싸지도 못허영/어디강 주왁 저디강 주왁 허멍/이추룩 살당 보난/무사 경 되는 게 어심광/자동찰 몰민 사고 나곡/땅은 요망진 사름 직시 되불곡/이거 숭시랜 굿 허연 보난/어멍 죽언 관棺 어시 묻었잰/심방 입질에 나는 거 아니//관 맹글 저를이랑 말앙/광목에 뱅뱅 몰안 묻어났주게//아이고! 어멍아, ㅎ끔만 이시민/돈 하영 벌엉 좋은 관이영 개판 허영/뱁 바른 디 묻으쿠다 해신디//경도 못허연 늙어부러신게 원

— 강덕환, 「관棺도 없이 묻은 사연」(『그해 겨울은 춥기도 하였네』, 풍경, 2010) 전문

(나) 양지공원에도 못 가보고 집이서 귀양풀이 헌 덴 허영게 그딘 가봐사 헐 거 아닌가? 기여게 맞다게 얼굴보민 속만 상허고 고를 말도 없고 …… 심방어른이 가시어멍 거느리걸랑 잊어불지 말았당 인정으로 오천 원만 걸어도라 미우나 고우나 단사운디 저 싱길 노잣돈이라도 보태사주 경허고 영개 울리걸랑 춤젠 말앙 막 울어불렌 허라 속 시원이 울렌허라 쉐 울듯 울어사 시원해진다 민호어밍 정신 섞어졍 제대로 울지도 못 해실거여 막 울렌허라 울어부러사 애산 가슴 풀린다 울어부러사 살아진다 사는 게 우는 거난 그자 막 울렌허라 알아시냐?

— 김수열, 「어머니의 전화」(『생각을 훔치다』, 삶이보이는창, 2009) 전문

(가)와 (나)는 제주인의 삶과 죽음에 관한 제주어로 '써진' 시다. 근대시에 익숙한 독자들은 텍스트의 문자성을 중시하는 가운

108

데 우선 이 시들의 의미를 파악하는 데 힘쓸 것이다. 최대한 제주어를 표준어로 치환하면서 근대시의 시적 완성도를 충분히 고려하는 노력을 마다하지 않은 채 결국 이 시들의 의미를 추출하고자 한다. 하지만 이것은 텍스트의 문자성을 해석하는 데 자족하는 것일 뿐, 이 시들처럼 구술성과 문자성이 혼효·습합·길항하는 과정에서 생성되는 미적 정치성을 몰각하든지 둔감한 것과 다를 바 없다.

　여기서 우리가 간과해서 안 될 것은 이 시들은 통상 근대시를 감상하는 방식인 '묵독(默讀)'보다 '음독(音讀)', 즉 소리를 내 읽어야 한다는 점이다. 그래야 제주어의 구술성을 극대화할 수 있고, 자연스레 시 텍스트를 이루는 문자성과의 일련의 화학반응을 인지하면서 이 시들의 비의성을 이해할 수 있다. 이렇게 하여 파악된 시적 의미와 이 모든 과정이 바로 이 시들이 득의(得意)한 미적 정치성이다. 이 시들을 음독하다 보면 유달리 이명(耳鳴)으로 남아 있는 음가(音價)들이 있다. 'ㄹ[r/l] / ㅁ[m] / ㄴ[n] / ㅇ[ŋ]'은 시적 화자로 하여금 유년시절에 겪은 4·3의 화마(火魔)를 떠올리도록 하는데, 제주인들에게 4·3의 역사적 상처는 현재와 단절된 채 망각되는 게 아니라 4·3 이후 현재까지 이어져오는 기억의 뇌관인 셈이다(「관도 없이 묻은 사연」). 특히 (나)에서 시적 화자인 어머니는 민호네 귀양풀이(장례를 지낸 후 망자를 저승으로 보내기 위해 행하는 제주의 무속의례)에 대한 당부의 말을 아들에게 하는데, 위 네 음가들의 절묘한 배합으로써 삶과 죽음의 관계를 비의적으로 포착한다. 삶과 죽음은 분명 다른 것이되, 망자를 저승으로 보내

집단 학살터에서 발굴한 유골

4·3추모제에 참석한 살아남은 유가족

기 위해서는 살아 있는 자의 슬픔이 극에 이르러야 하며, 이를 위해 그 슬픔을 애써 참는 게 아니라 유장하게 넘쳐흐를 때 극에 이를 수 있다. 그럴 때 망자는 이승 사람의 행복을 위해서도 저승으로 편하게 떠나고, 살아 있는 자는 망자의 순탄한 저승행을 기꺼이 믿고, 이승에서 살아 있는 자의 삶을 살아갈 새로운 용기를 얻는다. 왜냐하면 "말은 끊임없이 움직이는 가운데 그 움직임의 힘찬 형식인 비상에 의해서 일상적이고 둔중하고 묵직한 '객관적인' 세계에서 자유로워져서 하늘로 날아오르"[11]기 때문이다.

이 같은 면은 다음의 소설에서 매우 흥미로운 점을 시사한다.

반장이 힝 돌아서 집을 나갔는데 새까만 경찰복을 입은 서북청년이 마당 안으로 쑥 들어서더라는 것이었다.

ⓐ**이 집이 맞간?**

반장이 울담 밖에 숨고 서서 맞다고 대답하는 소리가 들렸다고 했다.

ⓑ**꾀병부리지 말고 얼른 나오라우야. 안 아픈 사람 어디 이서?**

순경이 토방 안으로 들어서서 아버지의 가슴을 발로 내질렀다는 것이다. 주먹빰을 먹이고 개처럼 목을 감아안아 마당으로 끌어내더라고 말했다.

ⓒ**배급 달라고 지랄부릴 땐 잘 나오더니만 공역은 싫다 이거지?**

ⓓ**잘못했수다. 한 번만 용서해주시면 …… 각시 돌아오면 곧 내보내쿠다.**

아버지는 맞는 얼굴을 두 손으로 싸 가리고 목을 짜는 소리로 용서를 빌었다고 한다.

ⓜ간나위새끼. 빨갱이 끄나풀인 거 벌써 알구 있었더랬어. 배급
달라구 스트라이크 벌일 땐 용감하더니만 빨갱이 맞아들이구 싶
어서 성은 못 쌓겠다 이거지. 그거 아니가?

ⓗ아니우다 경관님. 몸이 아파서마씀.

　아버지의 목 안엔 새어나올 숨도 없는지 깔딱거리는 소리만 들
렸다고 했다. 순경이 머리박치기로 받아 아버지를 넘어뜨리고 가
슴과 목·배·얼굴을 짓밟았는데 입만 벌름거리는 아버지를 근식
은 마당 구석의 잿막 뒤에 숨어서 발을 구르며 보았다고 했다. 아
버지는 순경의 발 밑에 깔려 두 다리를 가드락거리다 이내 처지고
말았다는 것이다.[12] (밑줄 강조-인용)


　4·3의 역사적 진실을 문학적으로 탐구하는 데 구술성과 문자
성의 상호작용이 소설에서 얼마나 중요한 역할을 수행하고 있는
지를 단적으로 알 수 있다. 이토록 짧고 간명한 소설담론에는 4
·3의 역사적 진실을 밝히는 열쇠가 놓여 있다. 위 인용문에서
ⓐ~ⓗ은 대사들로 구술성을 표상하고, 나머지 지문들은 문자성
을 표상한다. 구술성은 크게 두 부분으로 이뤄져 있는데, 하나는
서북방언계열(ⓐ,ⓑ,ⓒ,ⓜ)이고, 다른 하나는 제주어(ⓔ,ⓗ)다. 그
런데 이 둘은 등장인물의 대화에서 확연히 알 수 있듯, 4·3공간에
서 서로 적대적 관계다. "경찰복을 입은 서북청년"의 말은 반공주
의에 투철한 국가권력의 정치적 언어로서 무고한 제주 민중의 생
사여탈권을 장악한 폭압적 지배자의 언어로서 기능을 한다. 그에
반해 제주어는 국가권력이 마음껏 유린하는 피지배자(혹은 피해자)
의 언어이며, 지배자의 정치적 이념을 강제받고 순종해야 하는

군경 토벌대에 의해 집단 학살당한 유골 발굴 현장

노예의 언어로 전락한다. 서북방언과 제주어 모두 지역을 기반으로 한 소수자의 언어임에도 불구하고 4·3공간에서는 정치적 위계질서에 나포돼 있다. 그런데 심각한 문제는 이러한 역사의 비극을 방관하고 심지어 더 큰 참상을 불러일으킨 국가권력의 존재다. 흥미로운 것은 이 국가폭력이 지문에서 표준어로 표상되고 있어,[13] 표준어는 표면상 객관세계를 재현하고 있는데, 기실 이 재현은 서북청년이 아버지에게 무자비한 폭력을 행사하고 있는 것 자체를 지시하고 있다. 그러면서 눈여겨 보아야 할 것은 이러한 폭력 행사의 장면을 아들은 "숨어서 발을 구르며 보았"으며, 이러한 일련의 사건을 아무렇지도 않게 담담히 객관적으로 말할 따름이다. 이 모든 것이 지문의 형식을 빈 표준어로 써지고 있다.

말하자면, 4·3의 역사적 진실을 문학적으로 탐구하고 있는 4·3소설이 각별히 주목해야 할 것은 4·3을 에워싼 거대서사의 측면, 즉 수난사와 항쟁사의 측면에 대한 역사의 문해(文解)보다 4·3과 관련한 구술성(서북방언을 비롯한 다른 지역어/제주어)과 문자성(표준어)의 상호작용에 대한 긴밀한 탐구에 기반을 둔 문학적 형상화다. 이를 통해 제주문학은 구미중심의 (탈)근대성의 쌍생아인 식민성[14]을 전복할 수 있고, 이것은 곧 구미중심주의를 극복하는 것과 맥락을 함께 하는 것이다.

폐색적(閉塞的) 내셔널리즘과
거리를 두는 4·3문학

국가추념일로 지정된 지 일 년 후 제주는 4·3으로 다시 홍역을
앓아야 했다. 4·3평화재단이 실행한 제1회 4·3평화상(2015) 수
상자로 재일조선인 작가 김석범(1925~ )을 선정하여 시상식을 마
쳤음에도 불구하고 조선일보는 사설에서 이를 문제삼았으며, 극
우보수단체들은 기자회견을 통해 냉전적 갈등을 불러일으켰고
정부는 이것과 관련하여 감사를 진행하였다. 조선일보와 극우보
수단체들은 김석범 작가의 수상소감에서 "해방 후 반공 친미세력
으로 변신한 민족반역자 정권이 제주도를 갓난아기까지 빨갱이
로 몰았다. 친일파와 민족반역자로 구성한 이승만 정부가 임시정
부의 법통을 계승할 수 있겠느냐"[15]는 발언을 문제삼았는데, 우리
는 이 발언이 역사적 진실을 내포하고 있다는 것을 너무나 잘 알
고 있다. 역사적 진실을 손바닥으로 가릴 수는 없는 것이다.
　작가 김석범이 4·3평화상의 첫 수상자로 선정된 것은 시사하
는 바 많다. 한국사회에서 4·3을 공론화한 게 작가 현기영이라
면, 현기영보다 20여 년 앞서 김석범은 단편 「까마귀의 죽음」
(1957)을 발표하면서 국제사회에 4·3을 알렸으며, 이후 심층적
접근을 펼친 대하소설 『화산도』(1976년부터 1997년까지 일본의 문예
춘추사에서 발행하는 『문학계』에 연재)[16]를 전 7권으로 완간하는 등 4
·3문학을 명실공히 지구적 세계문학의 반열로 올려놓았다. 이렇
듯이 4·3의 진실은 4·3문학을 계기로 비로소 전세계에 그 실상

이 알려지고 심층적으로 탐구되고 있다. 그래서 4·3문학에 거는 기대가 각별한 것이다.

김석범의 수상으로 4·3문학은 지구적 국제성을 획득하는 새로운 이정표를 세웠다고 해도 과언이 아니다. 두루 알 듯이 김석범의 문학은 재일조선인으로서 한국어가 아닌 일본어로 작품활동을 해온 만큼 4·3문학은 어쩌면 태생부터 폐색적(閉塞的) 내셔널리즘과 비판적 거리를 둔 게 아닐까. 기실 김석범은 아직까지 어느 나라 국적도 갖고 있지 않은, 즉 어느 국민국가에도 등재되지 않는 경계인으로서 4·3문학 활동을 해온 작가인 만큼 '김석범'과 '김석범의 4·3문학' 그 자체가 바로 유럽중심주의에 기원을 둔 근대성과 긴장 관계를 갖고 불화하는 표상이라고 볼 수 있다. 4·3문학이 무엇을 그리고 어떻게 추구해야 할 것인가에 대한 반면교사로서 김석범은 우리에게 다가온다.

끝으로, 필자는 김석범으로 표상되는 4·3문학이 폐색적 내셔널리즘과 거리를 두면서 4·3문학 특유의 지속성과 집중력을 갖기 위한 일환으로 4·3문학과 내접할 수 있는 트리컨티넨탈 문학과의 교류를 내실 있게 추진했으면 한다. 아시아, 아프리카, 라틴아메리카 문학은 유럽중심주의를 창조적으로 넘어설 수 있는 대안적 근대성으로 충만해 있는 '보고(寶庫)'다. 문자중심주의에 매몰되지 않는 그들 특유의 미의식은 그들의 현실에 뿌리를 두고 있으며, 무엇보다 만유존재(萬有存在)의 가치를 존중하는 해방의 정념이 꿈틀거리고 있다. 갈수록 현저히 탄력을 잃어가고 있는 작금의 한국문학을 소생시키기 위해서라도 4·3문학이 국민문학으로서 지역문학의 위상에 자족할 게 아니라 지구적 국제성을 획득함으로써 제주 4·3이 지닌 평화의 원대한 가치를 실현할 수 있기를 간절히 기대한다.

## 주

* 이 글은 '트리콘 세계문학 총서'에 맞춰 그동안 필자가 4·3문학과 관련하여 발표한 글들을 발췌 및 재구성하였음을 밝혀둔다.

1) 4·3에 대한 최초의 문학적 접근은 재일조선인 작가 김석범(1925~)의 잇따른 문제작 「간수 박서방」(1957), 「까마귀의 죽음」(1957), 「관덕정」(1962) 등이 일본에서 일본어로 쓰이면서 시작되었다. 이 무렵 한국에서는 엄혹한 냉전시대의 질곡 속에서 4·3에 대해 침묵을 강요당해왔다.

2) 4·3의 역사적 진실을 취재해 온 양조훈은 존메릴과의 세 차례 인터뷰를 통해 4·3사건과 미군정의 관계의 핵심을 매우 적확히 파악한다. 이에 대해서는 양조훈, 「겉과 속이 다른 미군 정보보고서」, 『4·3 그 진실을 찾아서』, 선인, 2015, 79~91쪽 참조.

3) 문학의 모든 장르에 걸쳐 4·3문학은 괄목할 만한 성과를 축적시키고 있다. 무엇보다 4·3의 직접적 당사자인 제주문학인들에 의한 지속적이고 집중적인 노력은 4·3문학뿐만 아니라 국내외적으로 연대할 수 있는 문학에 현재적으로 시사하는 바 크다. 대표적으로 (사)제주작가회의가 꾸준히 펴낸 시선집 『바람처럼 까마귀처럼』(실천문학사, 1998), 소설선집 『깊은 적막의 꿈』(각, 2001), 희곡선집 『당신의 눈물을 보여주세요』(각, 2002), 평론선집 『역사적 진실과 문학적 진실』(각, 2004), 산문선집 『어두운 하늘 아래 펼쳐진 꽃밭』(각, 2006) 등이 있는가 하면, 최근 4·3문학의 국제적 연대 차원에서 베트남문학과의 교류 일환으로 펴낸 제주·꽝아이 문학교류 기념시집 『낮에도 꿈꾸는 자가 있다』(심지, 2014) 등이 있다. 이 외에도 개별 문인 및 연구자들에 의해 4·3문학에 대한 문학적 성과는 축적되고 있다.

4) 고명철, 「4·3문학의 새 과제: 4·3의 지구적 가치와 지구문학을 위해」, 『제주작

가』, 2011년 여름호, 28쪽.

5) 가령, 최근 주목되고 있는 하버드 대학 교수인 댐로쉬의 세계문학에 대한 논의의 핵심을 일본의 비평가 호소미 가즈유키는 매우 날카롭게 비판하고 있는바, 호소미에 따르면, 댐로쉬는 세계문학을 모든 국민문학을 타원형으로 굴절시킨 것으로 보며, 번역을 통해 풍부해지는 작품으로 보고 있다고 한다. 그래서 댐로쉬가 공을 들여 감수한 『롱맨 세계문학 앤솔로지』 전6권에는 고대부터 현재까지 그가 생각하는 세계문학이 망라돼 있는데, 일본문학으로 수록된 「겐지모노가타리」와 무라카미 하루키의 단편 「TV피플」은 댐로쉬의 세계문학이 '세계 비즈니스'에 불과하다고 매섭게 비판한다(호소미 가즈유키, 「세계문학으로서의 김시종」, 『지구적 세계문학』 4호, 2014, 141~142쪽). 이는 달리 말해 서구의 문학 시장에서 시장 가치를 갖는 국민문학을 세계문학으로 이해하는 데 기인한 것이다. 이것은 국민문학의 태생 자체가 갖는 한계로, 결국 국가의 정치경제적 위상이 강한 국민문학 중심으로 세계문학이 구성되는 것을 말한다. 괴테와 마르크스의 세계문학 기획이 이러한 것을 염두에 둔 것과 무관한 것을 상기할 필요가 있다.

6) 김용규, 「개입으로서의 세계문학」, 『세계문학의 가장자리에서』(김경연·김용규 편), 현암사, 2014, 21쪽.

7) 박경훈, 「김석범·현기영 선생과 동경 웃드르에서의 하루」, 『박경훈의 제주담론 2』, 각, 2014, 387쪽.

8) 이와 관련하여, 4·3무장대의 활동을 막무가내로 북한의 민주기지론과 관련하여 반공주의로 매도하는 것은 역사에 대한 비과학적 인식일 뿐만 아니라 궁극적으로 4·3의 역사적 진실을 대한민국과 조선민주주의인민공화국이란 국민국가의 폐색적(閉塞的) 내셔널리즘으로 협소화시키는 데 불과하다. 우리는 4·3사건 이전 해방 직후의 현대사를 세밀히 주목할 필요가 있다. 해방 직후 전국적으로 여운형 주도로 꾸려진 건국준비위원회(後에 인민위원회로 변경)는 1945년 9월 6일 국가를 '조선인민공화국'으로 공포하였는데, 이것은 엄밀히 말해 북쪽 김일성이 세운 '조선민주주의인민공화국'과 그 성격이 다르다. 물론 '조선인민공화국'은 미군정이 들어서면서 반공주의로써 철저히 부정되었다. 제주의 4·3은 이러한 역사적 맥락에서 이해되어야 하는 역사적 실체다. 이러한 해방정국의 어수선한 현실 속에서 "제주 민중의 지향점은 주변부에 처해 있는 독자적인 단위로서의 제주도에 미쳐진 세계냉전체제, 한반도 중앙권력의 물리력에서 벗어나고자 하는 데 두어졌다고 보아야 할 것이다. 여기에는 국가주의적 이념이 개입할 여지가 없다. 과거 독립된 단위로서 자율성을 나름대로 추구하던 섬 공동체에 가해진 외부로부터의 압박은 자연스레 섬사람들을 하나로 뭉치게 하였을 것이며, 이때 이들을

조직해낸 것은 지도부의 사회주의 이념이었을 것이다. 이런 의미에서 제주도 남로당의 사회주의 이념은 섬사람들을 조직화시켜낸 사상적 외피에 불과하다. 즉 4·3사건이 기본적으로 국가폭력에 대한 자기 방어적 성격에서 출발하고 있는 것이며, 미군정과 경찰·서북청년회의 탄압에 저항한 평화적 민중항쟁의 성격을 강하게 띠고 있다는 것이다."(박찬식, 『4·3과 제주역사』, 각, 2008, 382쪽)

9) 그래서일까. 한국문학에서 4·3무장대를 본격적으로 다룬 작품은 없다고 해도 과언이 아닌데, 북한문학에서는 이를 다룬 문제작이 있다. 양의선의 장편「한나의 메아리」와 강승한의 서사시「한나산」이 그것이다. 이 두 작품을 연구한 주요 논의는 다음과 같다. 김재용, 「4·3과 분단극복-북한문학에 재현된 4·3」, 『제주작가』, 2001년 상반기호.; 김동윤, 「북한소설의 4·3인식 양상-양의선의 〈한나의 메아리〉론」, 『4·3의 진실과 문학』, 각, 2003; 김동윤, 「단선반대에서 인민공화국으로 가는 도정-강승한 서사시 〈한나산〉론」, 『기억의 현장과 재현의 언어』, 각, 2006; 고명철, 「제주, 평양 그리고 오사카-'4·3문학'의 갱신을 위한 세 시각」, 『뼈꽃이 피다』, 케포이북스, 2009.

10) 이상규, 『방언의 미학』, 살림, 2007, 52쪽.

11) 월터 J. 옹, 『구술문화와 문자문화』(이기우·임명진 역), 문예출판사, 1995, 121쪽.

12) 오경훈, 「당신의 작은 촛불」, 『깊은 적막의 끝』, 제주작가회의 편, 각, 2001, 41쪽.

13) 표준어 제정과 국가의 언어정책이 밀접한 연관을 맺고 있음은 일본 제국주의 식민주의를 통해 여실히 입증된다. 일본은 표준어 제정을 통해 '표준어=국가어=국가권력=제국의 식민주의'라는 등식을 주도면밀히 관철시켜나갔다. 이에 대해서는 이연숙, 『국어라는 사상』(고영진·임경화 역), 소명출판, 2006 참조. 이와 관련하여 "조선총독부는 일차적으로 사회 공식언어를 조선어에서 일본어로 완전히 대체시키는 것을 언어 정책의 기본 방향으로 삼"아, "국가 기관이나 학교에서 조선어를 금지"시켰다(최경봉, 『우리말의 탄생』, 책과함께, 2005, 301쪽).

14) 월터 미뇰로는 근대성과 식민성의 관계를 다음과 같이 명쾌히 기술한다. "근대성은 식민성을 극복할 수 없는데, 왜냐하면 식민성을 필요로 하고 생산하는 것이 바로 근대성이기 때문이다."(월터 D. 미뇰로, 『라틴아메리카, 만들어진 대륙』, 그린비, 2010, 50쪽)

15) 「김석범, 제주4·3평화상 수상 별 문제없다」, 인터넷 『프레시안』(http://www.pressian.com), 2015. 5. 14.

16) 김석범의 대하소설 『화산도』는 오랜 숙원 끝에 한국에서 총 12권으로 완역되었다. 김석범, 『화산도』 1~12권(김환기·김학동 공역), 보고사, 2015.

06

# 현대
# 오키나와문학의 현장

곽형덕

● ● ●

## 곽형덕(郭炯德)

수리산에 에워싸인 군포시 대야미동(뒷뱅이)에서 태어나 자랐다. 일본문학 연구자 및 번역가로 활동 중이다. 저서로 『김사량과 일제 말 식민지 문학』이 있고, 번역서로는 『어군기』, 『아쿠타가와의 중국 기행』, 『긴네무 집』, 『니이가타』, 『아무도 들려주지 않았던 일본 현대문학』, 『김사량, 작품과 연구 1-5』 등이 있다. 광운대 인문사회과학대 박사후 연구원으로 있다.

# 들어가기 전에

한국에서 오키나와문학 수용은 2000년대 중반 이후부터 시작됐다. 메도루마 슌의 작품집 『브라질 할아버지의 술』(유은경 옮김, 아시아, 2006)과 『물방울』(유은경 옮김, 문학동네, 2012)을 시작으로 마타요시 에이키의 『긴네무 집』(곽형덕 옮김, 글누림, 2014) 등이 나오면서 오키나와문학에 대한 관심은 점점 높아져 가고 있다. 최근에는 잡지 『지구적세계문학』과 『제주작가』를 중심으로 주요 작가의 작품이 차례로 번역돼 나오고 각종 선집 등이 엮여서 한국 내 오키나와문학 연구에 활력을 불어넣고 있다.

하지만 여전히 오키나와문학의 독자성에 의문을 품는 목소리도 여기저기서 들려온다. 오키나와문학을 연구한다고 하면 흔히 듣는 것이 "왜 오키나와문학을 연구하십니까?"라는 본원적이고 곤혹스러운 질문이다. 다시 말해서 일본문학이라고 하면 될 것을 굳이 오키나와문학이라고 따로 명명해야 할 이유가 있냐는 것이다. 이 질문은 일본문학을 연구하는 것은 자명한 것인 데 비해, 오나와문학을 연구하는 것은 특수한 것이라는 전제만이 아니라 오키나와의 역사와 문화에 대한 몰이해를 드러내고 있다. 일본문학을 연구한다고 말하면 뒤이어 나오는 질문은 흔히 "그 중에서 어떤 작가를(혹은 시대를) 연구하십니까?"라는 질문이지 일본문학 그 자체에 대한 의문은 아닌 경우가 많다. 이처럼 오키나와문학을 연구한다고 했을 때 뒤따르는 곤혹스러운 질문은 오키나와문학이 무엇인지에 대한 정의와 연구가 아직 한국 내에서 공유되지 못하고 있음을 단적으로 말해주고 있다.

한국문학 내에서 제주 4·3문학이 그러하듯, 일본문학 내에서 재일조선인문학이 그러하듯, 오키나와문학은 일본문학과 관련을 맺으면서도 독자성을 유지하며 현재에 이르고 있다. 오키나와문학은 지역의 문학으로서만이 아니라 오키나와 민족(우치난추)의 역사적 기억과 현재를 담아낸 것으로 일본 '본토문학'과는 변별된다. 여기서 오키나와의 전근대 역사와 근대 이후 일본의 식민지로서의 위치, 그리고 미군 점령기와 일본 '복귀'까지의 역사를 전부 개괄할 수는 없으나, 오키나와문학은 그 지역의 문화와 역사를 본토와 상대화 하는 방식으로 현재에 이르렀다. 물론 그 과정은 일률적으로 말할 수 없는 곡절을 겪었다. 범박하게 말하자면, 오키나와문학은 일본 제국주의 시기에는 일본 본토로의 동화에 대한 원망(願望)과 그로부터 비롯된 상흔을, 미군 점령기에는 아시아 지역에 대한 '가해자'(일본 제국의 일원)로서의 자기 인식을 바탕으로 전개됐다. 일본 '복귀'(1972) 이후부터는 일본 본토 및 미군과의 관련, 그리고 오키나와의 '민속', '자연' 등 문학이 표현하는 범위가 훨씬 넓어져갔다. 최근에는 오키나와문학이 꼭 오키나와적인 것을 그려야만 하는 것인가라는 문제의식을 드러내는 신예 작가 또한 등장하고 있다. 이는 오키나와문학 또한 문학 일반의 보편성과 미학을 추구해야 한다는 문제의식에서 비롯된 것이다.

# 일본문학과 오키나와문학

일본문학과 오키나와문학을 어떻게 볼 것인가라는 문제는 다음 두 가지 방식으로 이해될 수 있다.

| (1) 일본문학 〉 오키나와문학 | (2) 일본문학과 오키나와문학 |
|---|---|
| 지방문학, 언어적 문화적 민족적 차이를 국민국가 형성의 이데올로기로 수렴 | 언어, 문화, 민족적 차이를 인정 |

(1)과 같은 방식은 일본 제국주의 시기에 오키나와문학이 놓여 있던 위치와 관련된다. 요컨대 오키나와문학이란 오사카나 교토 지역 등의 문학과 마찬가지로 일본 제국의 일부를 이루는 지방문학으로서 국민문학의 일익을 담당하는 것으로 이해됐다. 이는 일본 제국주의 시기에 일본 중앙문단과 식민지 문단의 관계와 유사하다 할 수 있다. (2)와 같은 이해 방식은 일본문학과 오키나와문학의 공통점을 인정하면서도 오키나와문학에 내장된 특수성을 인정하고 독자적인 문학의 형태로 인정하는 것이다. 이는 일제의 패망 이후 오키나와가 미군정의 지배하에 놓이게 된 상황과도 결부해 이해될 수 있다. 역설적이게도, 민군정 하에서 오키나와 사람들은 자신들이 놓인 역사적 위치를 상대화해서 바라보면서, 일본 본토와는 변별되는 영역으로서 오키나와를 새롭게 상상할 수 있었다. 오키나와문학이라는 용어가 상대성을 지니고 발화되기 시작한 시점은 바로 이 시기부터라고 할 수 있다. 일본 제국주의

시기의 오키나와문학이 도쿄가 선취한 근대적 문화/문학을 따라잡으려 했다면, 미군정 시기에는 일본 본토와는 변별되는 오키나와문학의 주체성을 확립하려 했다고 할 수 있다. 이는 일본의 지방문학으로서의 특성만이 아니라 야마토 민족과는 다른 우치난추의 문학을 확립한 것으로서 이 시기를 기점으로 오키나와문학의 독자성은 형성되기 시작했다고 할 수 있다.

이러한 오키나와문학의 특성은 민족적 특성을 강조한 재일조선인문학이나 아이누문학과도 다르며, 비극적인 사건을 기반으로 한 원폭문학 혹은 원발문학(원자력발전소와 관련된 문학)과도 변별된다. 아이누문학과 재일조선인문학은 민족/마이너리티 및 제국주의와 관련되지만 한 지역의 문학을 대표할 수는 없다. 또한 원폭문학과 원발문학도 전쟁과 카타스트로프를 동인으로 하는 대신에 한 지역의 문학이라 명확히 지칭하기는 힘들다. 이를테면 나가사키문학이나 히로시마문학과 원폭문학, 그리고 후쿠시마문학과 원발문학은 완전히 일치하지 않는다. 그런 의미에서 오키나와문학은 민족/마이너리티의 역사적 기억과 지역문학 및 전쟁문학이라는 모든 요소를 지니고 있다. 지배와 피지배, 전쟁의 상흔, 미군 주둔 후 '전후' 제로년(전후가 존재하지 않는다는 뜻으로 쓰이는 용어)의 역사적 기억을 풍부히 내장하고 있는 오키나와문학은 동아시아 삼국의 문학사와도 한 지역의 문학사와도 변별되는 독자성을 내장하고 있다고 말할 수 있다.

이와 같은 오키나와문학의 현장을 마타요시 에이키와 메도루마 슌의 문학을 통해서 좀 더 구체적으로 알아보자.

# 마타요시 에이키

　마타요시 에이키(1947~ )가 오키나와문학(オキナワ文學)의 차세대 작가로 등장한 것은 '일본 복귀(반환)'(1972.5.15)로부터는 3년, 미군의 베트남 철수로부터는 2년이 지난 1975년이었다. 마타요시는 제1회 신오키나와 문학상(가작)을 수상한 데뷔작「바다는 푸르고(海は蒼く)」(『新沖縄文學』 1975.11) 이후 40년간 왕성한 작품 활동을 펼쳐왔다. 특히 마타요시는 오키나와가 미군에게 점령된 이후 미군기지가 오키나와에 미친 영향에 대해서 어떠한 작가보다도 뛰어난 작품을 많이 남겼다. 마타요시 문학에 대한 일본에서의 연구는 제4회 스바루문학상을 수상한「긴네무 집(ギンネム屋敷)」(『すばる』 1980.12)에 나타난 '조선인' 및 '종군위안부'와 오키나와인 사이의 관계를 탈식민주의 이론 및 젠더론을 통해 살펴본 것에서부터, 오키나와의 토착적인 세계를 그린 제114회 아쿠타가와상 수상작인「돼지의 보복(豚の報い)」(『文學界』 1995.11)을 통해 오키나와의 현재를 조명하려는 것 등으로 이뤄져왔다. 다만 작품 전반에 대한 평가 작업은 마타요시가 현재도 왕성히 창작활동을 하고 있는데다 작품의 특성—작품 안에 하나의 세계로 수렴되지 않는 충돌하는 서사와 인물이 공존하는, 등으로 인해 더디게 진행되고 있다고 말할 수 있다. 이는 현재 활동 중인 메도루마 슌(目取眞俊)에 대한 문학 연구가 종합적으로 이뤄지고 있는 것과는 대조적이다. 한편 한국에서 마타요시 문학에 대한 연구는「긴네무 집」을 중심으로 전개되고 있다. 마타요시 문학은 한국의 전후 역

마타요시 에이키

사적 기억과 공유할 수 있는 소재(미군 기지, 베트남 전쟁 등)가 풍양한 텍스트인 만큼 앞으로 연구가 더욱 활발히 전개될 것으로 예상된다.

 이러한 마타요시 문학의 좌표를 파악하기 위해서는 전후 오키나와문학 및 일본 본토에서의 문학과의 관련을 살펴볼 필요가 있다. 우선 마타요시가 등장한 일본 복귀 즈음의 오키나와문학은 오키나와적인 것(전통적인 생활, 풍속, 습관, 언어 등)을 전근대적인 산물로 파악하고 일본(문단)을 추수(追隨)했던 것에서 벗어나, 지역의 독자성을 추구하는 방향으로 나아갔다.[1] 마타요시가 오키나와문학계에 데뷔한 1975년은 일본복귀 이전부터 전개되던 '오키나와적인 것(沖縄的なもの)'과 '토착'을 둘러싼 논의가 '본토'와의

관련성 속에서 활발히 제기되던 때였다. 오카모토 케토쿠(1934~ 2006)는 전후 오키나와에서 "미국이라고 하는 '이질'의 문화와 접 촉하면서 일본의 사상이나 문화를 대상화 할 수 있는 계기"[2]가 마 련됐다고 쓰고 있다. 오카모토의 논의도 일본복귀를 즈음해서 제 기된 것으로, 이는 류큐왕국이 멸망(류큐처분/1872~79)한 이후 식 민지적 상황하에서 자기 결정권을 완전히 상실한 채 외부 세력에 의해 자기 부정/긍정을 반복해서 당해왔던 오키나와의 근대를 시 야에 넣고 있다. 한편 이 시기 제기된 토착에 관한 언설은 진흥/개 발 담론에 대한 비판으로써 제기된 것이기도 했다. 대표적인 반복 귀론자인 아라카와 아키라(新川明, 1931~ )는 토착에 관한 언설이 정착론으로 흐르는 것을 경계하면서 "'토착'이면서 유민이고 유민 이면서 '토착'인 관계성"[3]을 제기했는데, 이는 오키나와가 놓인 지 정학적 위치를 고려할 때 현재까지도 유의미한 것이라 할 수 있 다. 마타요시 문학은 일본복귀 전후에 오키나와에서 제기된 복귀 론, 반복귀론 등의 언설을 그대로 드러내고 있지는 않지만 오키나 와의 토착적인 것이 미군 및 미군기지와의 교섭 과정 속에서 변모 돼 가는 상황하에서 오키나와인 주체의 자세를 묻고 있는 특징을 지니고 있다.

이처럼 마타요시 에이키의 문학은 토착(오키나와적인 것)이 본토 와의 관계성 가운데 본격적으로 사유되기 시작한 시기에 우라소 에를 중심으로 반경 2km의 '원풍경(原風景)'에 천착하며 출발했 다. 마타요시 소설 세계에 투영된 작가의 '원풍경'은 오키나와의 토착적인 것을 의미하지만, 그 자체가 미군기지에 둘러싸여 있다

오키나와 미군기지 캠프킨저

는 점에서 양자 사이의 상호 교섭과 파열을 전제한다. 오키나와
에서 일본복귀 전부터 강하게 제기됐던 토착에 관한 언설은 근대
민족주의 자체가 고대 문화와의 관련 가운데 만들어졌던 것처럼[4]
류큐왕국(琉球王國) 이래 민족의 문화적 기억과 형성에 그 뿌리를
두고 있다. 신조 이쿠오가 밝히고 있듯이 마타요시 에이키는 주
로 오키나와의 토착적인 세계를 그려온 작가로 알려져 왔다.[5] 하
지만 초기 마타요시 문학이 자기규정의 근거로 삼고 있는 원풍경
은 단순히 토착이라는 말로 설명할 수 없는 타자와의 교섭 및 관
계의 파열 가운데 정립돼 가는 것으로 결코 고정된 것이 아니다.
다시 말하자면 마타요시 문학의 원풍경은 오키나와의 평화롭고

아름다운 자연 풍광에 대한 노스탤지어만을 의미하지는 않는다. 그 안에는 우라소에 구스크(요도레), 투우장, 카미지(거북바위) 등 오키나와적인 자연과 문화유산을 전쟁과 점령의 기억 및 현실-캠프킨저와 그 주변의 A사인바(A=Approved [for US Forces]), 하얀 색으로 지어진 미국인 하우스 등이 에워싸고 있다. 마타요시 에이키 문학에 나타난 오키나와의 '공동체성'은 이 원풍경에 담긴 역사적 현실(미국과 일본의 이중지배) 속에서, 우치난추(ウチナーンチュ 오키나와 사람[민족]) 안의 갈등과 우치난추 대 미군 및 야마토와의 교섭 과정에서 형성된 것이라 할 수 있다.

## 메도루마 슌

슈에이샤(集英社)의 『컬렉션 전쟁×문학(コレクション 戦爭×文學)』(전20권[별책 1권 외], 2011~2013) 시리즈는 청일전쟁에서부터 시작해 최근의 아프가니스탄 전쟁에 이르기까지 일본이 근대 이후 관여한 전쟁과 관련된 문학 작품을 선정한 기획이다. 이 시리즈의 마지막 권인 『오키나와 끝나지 않은 전쟁(戰爭×文學 オキナワ終らぬ戰爭)』(제20권, 2012)은 오키나와에 전후가 존재하지 않았다는 것을 제목에 명확하게 내세우며, 메도루마 슌(目取眞俊, 1960~ )의 많은 작품 중에서 「평화거리라 이름 붙여진 거리를 걸으면서(平和通りと名付けられた街を歩いて)」를 선정해서 실었다. 이 소설은 "끝나지 않은 전쟁"의 고통을 가주(カジュ, 어린이)와 후미(フミ, 할머니)

오키나와 나고 시에서 만난 메도루마 슌

시점을 번갈아가며 배치해 우타(ウタ, 가주의 할머니)의 비극적인 현재의 광태(狂態)가 오키나와 전에서 아들이 가마(ガマ, 동굴) 안에서 죽은 것으로부터 비롯된 것임을 극명하게 드러낸다. 메도루마는 많은 작품에서 "집합적 기억으로부터 망각된 민간인(특히 노인과 아이, 부녀자)의 전쟁체험에 초점을 맞춰서"[6] 작품을 써왔는데, 「평화거리라 이름 붙여진 거리를 걸으면서」는 이러한 방향성이 극명하게 드러난 초기작이다. 다만 이 소설은 오키나와문학 관련 선집에 한 번도 선정된 적이 없다가 슈에이샤 『컬렉션 전쟁×문학』에 포함되면서 광범위한 일본어 독자와 만날 수 있게 됐다. 이 선집에 작품이 포함될 수 있었던 것은 기존에 존재했던 전쟁문학전집이 과거완료형으로 끝난 전쟁을 총괄하거나 혹은 문

학사를 정리하는 방식[7]이었던 것과 달리, 지금 여기에 육박해 오는 새로운 전전(戰前)에 대응한다는 자세가 『컬렉션 전쟁×문학』 편집위원에게 있었기 때문이다.

하지만 「평화거리라 이름 붙여진 거리를 걸으면서」은 강도 높은 천황제(天皇制) 비판[8]이 문제화되면서 작품 외적인 요인이 더 주목받았다. 그 중에서도 오래도록 메도루마 문학을 연구해온 신조 이쿠오(新城郁夫)의 평가는 이 작품에 대한 전형적인 것 중 하나이다. 그는 「평화거리라 이름 붙여진 거리를 걸으면서」를 "천황이라고 하는 전후 오키나와의 위태로운 사회적 상황을 고발하는 것에 지나치게 성급해서 소설의 메시지성이 안이하게 노골적으로" 표출됐다거나, "소설 그 자체가 단조로운 이데올로기 가운데 자족해 버렸다"는 식으로 낮게 평가하면서도 「물방울(水滴)」(1997 아쿠타가와상 수상작)에 대해서는 테마로 수렴되는 구조를 피하고 "오키나와의 토착적 신화적 구조로 해소"[9]되지 않았다며 호평하고 있다. 하지만 이 평가의 타당성을 따지기 이전에 되물어야 하는 지점은 매지컬 리얼리즘(Magicals Realism) 기법으로 쓰인 메도루마의 작품이 호평을 얻는 것에 반해, 오키나와의 현실을 리얼리즘 기법으로 쓴 작품이 오키나와 밖에서는 외면받아온 작품 수용의 역학이다. 예를 들어, 일본이나 미국 등에서 출판된 오키나와 관련 선집에는 「물방울」 등 이른바 메도루마가 아쿠타가와상을 수상한 이후에 발표된 작품이 주로 실렸다.[10] 매지컬 리얼리즘이라는 장르는 송상기가 밝히고 있듯이 서양의 근대성이 가두어버린 영지(靈知, gnosis)의 귀환인 동시에, 라틴아메리카의 경

계적 사유를 나타내는 것으로 제2차 세계대전 이후 서구 문학장에서 부상한 것이다.[11] 매지컬 리얼리즘이 서구인이 남미를 침략하면서 현지인들의 민간 신앙이나 애니미즘 등을 서구적인 시선으로 보고 판단한 것에서 비롯된 것이라 할 때, 메도루마 슌 소설의 큰 특징을 매지컬 리얼리즘이라고 평가하는 것에 대해서 비판적인 시각에서 바라볼 수 있는 여지가 있다. 즉 메도루마의 작품을 매지컬 리얼리즘이라는 레테르를 붙여 평가하는 방식은 일본 본토가 오키나와를 페티시즘적인 이국정취(exoticism)로 바라보는 타자 이해의 방식의 일종인 것이다. 메도루마는 매지컬 리얼리즘에 대해서 "마르케스의 작품 세계를 마술적이라고 느끼는 것은 서양의 시선이라고 생각합니다. 그곳에서 사는 사람들 입장에서 보면 그 세계가 바로 현실입니다."[12]라며 용어 자체에 대해 명확히 위화감을 갖고 있음을 밝혔다. 비록 메도루마가 자신의 작품을 매지컬 리얼리즘적으로 이해하려는 일본 본토 문학계를 겨냥해 위와 같은 해석을 내놓은 것은 아니라 해도, 여기에는 매지컬 리얼리즘이 갖는 함의를 비판적으로 인식하고 있는 작가인식의 일단이 드러나 있다. 요컨대 매지컬 리얼리즘 기법이 가장 명확히 드러난 「물방울」(1996)과 「혼 불어넣기(魂込め)」(1998) 계열의 작품은 메도루마의 입장에서는 오키나와의 '현실'에서 있을 수 있는 이야기를 그린 것이지만, 일본 문단에서는 이를 일본 본토에서는 있을 수 없는 환상적인 이야기 구조로 이해했다. 다시 말해서 「물방울」에 포함된 두 가지 이야기 구조—환상적인 이야기 구조와 오키나와 전에 대한 기억이 풍화(風化)돼 가는 것에 대한

미군기지 건설 해상 저지 투쟁에 사용되는 카누

비판적 시각을 드러낸 서사 구조 ― 중 환상적인 이야기 구조가
일본 본토에서는 더 크게 조명을 받았던 셈이다.

메도루마 슌은 「평화거리라 이름 붙여진 거리를 걸으면서」로
부터 10년 후에 「물방울」을 썼고, 「물방울」로부터 10년 후에 『무
지개 새(虹の鳥)』(影書房, 2006.6)를 집필하면서 천황제 및 오키나
와 전과 관련된 작품 세계로부터 전후 오키나와에서의 미군 문제
비판으로 나아갔다. 그 중 『무지개 새』는 집필 기간만 1998년에
서 2005년(가필, 정정 포함)까지로 메도루마가 어떤 작품보다도 심
혈을 기울였음을 알 수 있다. 메도루마의 작품 가운데 『무지개
새』를 포함한 이른바 미군에 대한 '대항폭력(counter violence)'(피
식민자의 식민자에 대한 대항[프란츠 파농])을 그린 삼부작은 극한의

문학적 상상력을 바탕으로 '오키나와 문제의 궁극적인 지점'을 궁구하고 있다.

한편 메도루마는 오키나와에서 역사수정주의가 전면화된 시기에 오키나와 전 당시 일본군의 주민 학살과 우치난추 및 조선인 위안부에 대한 만행을 소년과 '고제이' 할머니의 시점을 교차시켜 쓴 소설, 「나비떼 나무(群蝶の木)」(2000.6)를 발표하면서 일제 말 조선인 위안부 문제를 소설의 중심으로 끌어들였다. 「나비떼 나무」에는 오키나와 전 당시 우군(友軍, 일본군)이 오키나와 주민을 스파이로 몰아서 죽인 것만이 아니라, 전시동원과 주민학살에 우치난추 병사가 가담한 것까지 그려져 있다. 요컨대 메도루마는 일본 본토 및 오키나와에서 전개되고 있던 역사를 둘러싼 기억의 풍화와 왜곡에 심각한 우려를 품고 이 작품을 집필했다고 볼 수 있다. 메도루마는 「나비떼 나무」에서 일본 제국 내에서 야마톤추(일본인), 우치난추, 조세나(조선인)라고 하는 명확한 민족적, 식민지적 우열관계가 전시 상황에서 어떠한 비극을 낳았는지를 그리면서도, 소수자 여성 사이의 연대감을 그리고 있다.

이처럼 오키나와문학의 풍요로운 서사와 기억은 한국(조선)문학과 접속할 수 있는 가능성을 내장하고 있다. 이는 크게는 일본 제국의 식민지 지배하에서 조선과 오키나와가 겪었던 차별과 동화에서부터, 아시아태평양전쟁 당시 일본군 '위안부' 및 군부 피해자 문제, 그리고 일본의 패망 이후 전개된 동아시아 안보 체제(미군 주둔)와 결부된다. 차별과 동화, 전쟁 피해, 미군과 관련된 오키나와문학은 지금 여기의 우리와 무관한 다른 지역의 문학으로 소비될 수 없는 한국(조선)의 과거와 현재와 맞닿아 있다. 오키나와문학의 과거와 현재를 그저 멀리서 조망할 수만은 없는 이유가 여기에 있다.


## 주

1) 岡本惠德, 「沖繩の戰後の文學」, 『沖繩文學全集 第20卷 評論 1』 國書刊行會, 1991.4, 260~287쪽 참조.(초출 1975.10)

2) 岡本惠德, 「戰後沖繩の文學」, 『沖繩文學全集 第17卷 評論 1』 國書刊行會, 1992.6, 42쪽. (초출 1972.6)

3) 도미야마 이치로 저, 『유착의 사상』, 심정명 옮김, 글항아리, 2015.2, 73쪽.

4) 베네딕트 앤더슨 저, 『상상의 공동체 – 민족주의의 기원과 전파에 대한 성찰』, 윤형숙 옮김, 나남, 2004.9, 33쪽.

5) 新城郁夫, 『到來する沖繩 ──沖繩表象批判論』, インパクト出版會, 2007.11, 100쪽.

6) スーザン・ブーテレィ, 『目取眞俊の世界(オキナワ) 歷史・記憶・物語』, 影書房, 2012, 18쪽.

7) 전자는 오오카 쇼헤이(大岡昇平), 하시카와 분조(橋川文三), 아카와 히로유키(阿川弘之), 오쿠토 다케오(奧野健男), 무라카미 효에(村上兵衛)가 편집위원이었던 『쇼와 전쟁문학전집(昭和戰爭文學全集)』(전15권[별책 1권 외] 1964~1965)이다. 후자는 히라노 켄(平野謙) 편 『戰爭文學全集』(전6권[별책 1권 외], 1971~1972)을 말한다. 물론 이 전집은 발간 시기가 1972년 이전이기 때문에 메도루마의 작품이 실리지 않은 것은 당연한 것이다. 여기서 문제 삼고 싶은 것은 각종 전집의 편집 방침으로 이는 오키나와문학과 관련된 각종 선집에도 동일하게 적용할 수 있다.

8) 岡本惠德, 「目取眞俊 『平和通りと名付けられた街を歩いて』—庶民の目で捉えた天皇制」, 『現代文學にみる沖縄の自畫像』, 高文研, 1996, 260쪽.

9) 新城郁夫, 「「水滴」論」『到來する沖縄 ——沖縄表象批判論』, インパクト出版會, 2007, 129~142쪽.

10) 川村湊編 『現代沖縄文學作品選』(講談社, 2011.7)에는 「軍鷄(タウチー)」가, Michael Molasky가 편집한 오키나와문학 선집에는 「물방울」이 실려 있다. Michael Molasky(2000) In Southern Exposure : Modern Japanese Literature from Okinawa, edited by Michael Molasky and Steve Rabson, Honolulu: University of Hawaii Press.(이 외에도 미국에서는 1999년에 「희망」이, 2009년에 「풍음」이, 2011년에 「혼 불어넣기」가 번역됐다.) 한국에서 번역된『브라질 할아버지의 술』(유은경 옮김, 도서출판 아시아, 2008.3)과『물방울』(유은경 옮김, 문학동네, 2012.5)이 있다.

11) 송상기, 「영지(靈知)와 수사(修辭)의 귀환으로서의 마술적 사실주의」, 『스페인라틴아메리카연구』7-2, 고려대학교 스페인·라틴아메리카연구소, 2014, 108~110쪽.

12) 大江健三郎·目取眞俊, 「特別對談 大江健三朗 目取眞俊」『論座』, 2000, 178~179쪽.

# 07

# 이상 시의
# 에로티즘과 경성 풍경

박소영

**박소영(朴昭映)**

한국 현대시 연구자. 숭실대학교 국어국문학과 초빙교수이다. 현재 이상 시인의 작품을 에로티즘의 관점에서 바라보는 연구를 진행 중이다.

## '모던보이'의 빛과 어둠

요즘 활발하게 제작되는 시대극의 공통점은 바로 주된 시공간을 1930년대로 잡고 있다는 점이다. 우선 영화로는 『기담』(2007), 『모던보이』(2008), 『대호』(2015), 『경성학교: 사라진 소녀들』(2015), 『아가씨』(2016)를 꼽을 수 있다. 드라마로는 KBS 2TV에서 방영했던 『경성스캔들』(2007)이 있고, 뮤지컬로는 최근 막을 내린 『팬레터』(2016)가 있다.

일제강점기의 피식민지라는 어두운 그늘과 근대 거리의 화려한 빛이 양립했던 이 시기의 경성은 화려함 속의 어둠이라는 다층적 이야기를 물고 있는 공간이다. 관객들은 경성을 주제로 한 영화나 드라마를 보며 상반된 두 가지의 모습을 볼 수 있다. 첫째는 일제의 강압적인 식민 정책에 항거하여 목숨을 바친 독립군의 모습이고, 둘째는 이전과 다른 새로운 것, 세련된 것, 신기한 것들에 대한 욕망이 젊은 청년들의 가슴속에서 피어오르는 모습이다. 이처럼 1930년대의 경성은 이중적 시선으로 바라볼 수 있는 공간이다. 모든 역사적 시기가 각각의 특성을 지니고 있지만, 특히 1930년대는 여러 이데올로기가 소용돌이처럼 뒤섞여 많은 사람들의 가치관을 뒤흔들던 시기라는 점에서 다시 한 번 담론화할 가치가 있는 것이다.

1930년대 일제강점기는 국권을 일본에 빼앗긴 시기로, 조선인은 절망과 고통 속에서 살아가야 했다. 조선의 국권을 강탈한 일본은 곧이어 만주로 눈을 돌렸고, 대륙 침략을 본격화하기 위한 병참기지로 조선을 이용하기 시작한다. 1930년대는 1931년의 만주사변과 1937년의 중일전쟁이라는 크나큰 역사적 상황의 한복판에 놓여 있는 격동의 시대였다. 개인의 힘으로 현실을 바꾸는 게 불가능하다는 판단에서 오는 조선인의 절대적인 상실감이 생겨날 수밖에 없는 상황인 것이다. 그러나 지난 인류의 역사에서 알 수 있듯이, 인간의 절망과 상실은 곧 이러한 상황을 딛고 일어서려는 움직임을 만들어내곤 한다. 피식민지인의 절망뿐 아니라 새로운 세계에 대한 열망과 기대를 찾을 수 있는 시기가 바로 1930년대이기도 하다.

모더니즘이 꽃피웠던 이 시기의 젊은 작가들은 이전 시대와는 다른 시각으로 세계를 바라보고자 했다. 이는 끊임없는 언어적 실험을 통해 시대의 감수성을 투영해보고자 하는 시도였으며, 기존의 상식과 관습을 과감하게 깨뜨리면서 새로운 관점을 확보하고자 했던 젊은 청년들의 활발한 움직임이기도 했다. 이러한 역동을 가능하게 했던 공간이 바로 '경성'이다.

'경성', 거리에는 자동차가 다니고 카페에서는 대중가요가 흘러나오는 새로운 세계. 자본주의라는 새로운 경제 구조가 본격적으로 조선에 정착하여 새로운 소비문화를 형성해낸 곳이 바로 경성이다. 경성을 설명할 수 있는 몇 가지 키워드로 대중가요, 백화점, 카페(카페 여급), 신식 패션, 자본주의를 꼽을 수 있다.

우선 대중가요부터 살펴보자. 1930년대에는 유성기의 보급으로 대중가요(유행가)가 대대적으로 대중의 인기를 끌 수 있었다. 당시 신문에 실린 기사에도 이러한 부분이 언급되어 있다. "몇해

경성부 본정
오늘날의 충무로. 당시 유행의 중심지였다.

전까지도가장많이 팔린것은재래의조선소리엇습니다 그것이현재
에는 유행가(流行歌)가 제일위를 점령하고잇습니다"[1] 오늘날 인기
있는 대중가수가 많은 돈을 벌어들이면서 높은 인기를 끄는 것과
비슷한 모습을 1930년대에서도 볼 수 있었다. 잡지사 등에서 개
최한 대중가수의 인기투표에서 순위를 매기고, 인기투표에서 1등
을 한 가수는 많은 돈을 벌어들였다고 하니 이는 오늘날의 대중가
요, 대중가수와 마찬가지의 풍경인 것이다.

좋아하는 가수의 음악을 즐겨들으며 새로움을 찾는 이들이 모
여든 곳은 바로 모든 신문물과 신문화의 정점이라 할 수 있는 백
화점이다. 일본으로부터 공급된 온갖 상품들을 진열해놓은 백화
점에는 최첨단의 승강기가 있었고, 각종 경품을 받을 수 있는 추

첨권 제도가 있었으며, 패션쇼를 하듯 세련된 옷을 입고 있는 마네킹걸이 있었다. 1930년대 경성에는 미쓰코시 백화점, 히라타 백화점, 미나카이 백화점, 조지아 백화점, 화신 백화점이 있었다.

미쓰코시 백화점

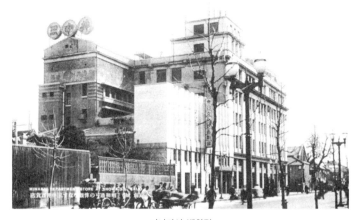
미나카이 백화점

미쓰코시 백화점 옥상 정원
이상의 소설 「날개」에 등장하는 장소이다.

　백화점으로 모여든 사람들은 점원이 뿌려주는 향수의 향기에
취하기도 하고, 값비싼 외국 원단으로 만든 옷을 입어보기도 하
면서 새로운 문화에 젖어들었다. 때로는 백화점 옥상에 마련된
카페에서 커피를 마시며 저녁까지 수다를 떨었을지도 모른다.
　커피의 맛과 미국 재즈 음악에 눈을 뜬 '모던 보이'와 '모던 걸'
은 경성 거리 곳곳에 세워진 카페로 들어가곤 했다. 1930년대의
카페는 여러 관점에서 해석이 가능하다. 카페를 젊은 청춘들이
친분을 쌓고 지식을 교류하는 새로운 문화의 공간으로 바라볼 수
도 있지만, 식민지 조선인으로서의 좌절을 성적으로 발산하는 쾌
락의 공간으로 바라볼 수도 있는 것이다. 또한 경성의 카페가 백
화점과 마찬가지로 식민지 문화정책의 일환으로 기획되었다는
부정적 시선도 배제할 수 없다. 당시 많은 젊은이들이 이국의 분

위기를 즐길 수 있었던 카페는 호황을 누리며 급속도로 대중의 일상으로 파고들었다. 카페에서 일하는 여급은 '웨이트리스', '카페 걸', '여 뽀이'와 같이 불리면서 종종 비극적인 사랑을 하는 대중적 연애 소설의 주인공으로 등장하기까지 한다. 카페 여급의 퇴폐적 행동이 바람직하지 못하다고 여겼던 사회적 평가에도 불구하고, 이들의 화장과 머리 모양, 의복은 빠르게 유행되었다.

당시 모던 보이와 모던 걸이 즐겨 찾았던 신식 의복은 서양과 일본의 영향을 크게 받은 새로운 형태였고 액세서리 등으로 치장된 화려한 모습을 하고 있었다. 모던 걸은 챙이 넓은 모자에 띠를 둘러 장식을 했고, 오늘날의 하이힐과 같이 굽이 높고 폭이 좁은 구두를 신었다. 일본에서 들여온 비싼 모피코트를 입는 여성은 많은 이들의 부러움을 샀다. 완전한 신식 패션이 아니더라도 최소한 전통 한복에 서양식 구두 정도는 신어야 모던 걸의 모습을 갖출 수 있었다.

모던 보이 역시 서구식 양복을 입고 중절모를 쓴 세련된 신사의 모습으로 경성 거리를 걸으며 자신의 모습을 뽐냈다. 물론 당시에도 이들을 향한 동경의 눈길뿐 아니라 비판의 목소리도 있었다. 최신 유행을 선도하는 모던 보이와 모던 걸을 갈망하는 시선이 있는 반면에 유행에 현혹되어 식민지배의 뼈아픈 역사적 사실을 간과하면서 계급의 위화감을 조성한다는 우려의 시선이 동시에 있었던 것이다.

신문화를 받아들이며 향유하는 미소 뒤에는 피식민지인의 상실과 절망이 스며있을 수밖에 없다. 백화점부터 신식 패션까지 피식민지인인 조선인의 생활 깊숙이 자리 잡은 새로운 문화에는 어둠이 드리우고 있었던 것이다. 1930년대 조선이 직접적으로 만나는 일본이라는 세계는 한마디로 설명할 수 없는 복잡한 형태로 조선인의 생활 깊숙이 파고들었고, 이는 전통적 생활 방식에 익숙해져 있던 조선인에게 큰 혼란을 야기하는 것이었다. 그중에서도 경성에서 절망하고 다시 경성에서 희망을 얻은, 경성 태생의 모더니스트 이상의 작품을 통해 그 당시를 살아냈던 한 존재의 절망과 고뇌를 발견할 수 있다. 이러한 이상 개인의 절망과 고뇌는 작가 자신을 둘러싸고 있는 세계와 연결될 수밖에 없다. 그렇다면 작가 이상이 바라보는 세계는 어떠한 모습이었을까?

## 박제가 되어버린 천재를 아시오?

이상(李箱, 1910~1937)[2]은 한국현대문학사에서 중요한 위치를 차지하고 있는 시인이자 소설가, 수필가이자 삽화가이다. 다양한 분야에서 뛰어난 재능을 보인 이상이 살았던 시대는 우리 민족이 일본에 의해 지배당했던 역사의 한복판이었다. 이상의 소설 「날개」 중 많은 사람들이 기억하는 "박제가 되어버린 천재를 아

이상(李箱)

시오?"와 같은 구절에는 한 젊은 청년의 절망, 무기력함, 자조적인 목소리가 담겨 있다. 자신을 '천재'라고 칭할 수 있을 정도의

자신만만함이 무감각에 가까운 '박제'로 변모하기까지의 과정을, 한 인간의 깊은 번민을 작품에 그려내는 것이 과연 당시의 시대적 배경과 완전히 무관한 개인의 문제라고 말할 수 있을까? 한국 문단에서 가장 전위적인 작가로 꼽히고, 작품 해석이 난해하다고 알려진 이상이라는 인간의 마음속에 켜켜이 쌓인 생각의 겹을 하나씩 들여다보는 과정은 무엇을 의미할까?

이상의 시[3]를 읽는다는 것은 주로 그가 작품 활동을 했던 1930년대의 경성이라는 시공간을 함께 읽어나간다는 의미와 다르지 않다. 당시에 활동했던 작가들 중에서도 이상은 경성의 근대적 모습을 충실히 작품 속에 재현한 작가로 꼽힌다. 1932년에 발표된 시 「AU MAGASIN DE NOUVEAUTES」에서 이상은 시의 제목을 프랑스어로 짓는 등 낯설고 이국적인 분위기가 작품에 배어들도록 창작한다. '신기한 것들이 있는 상점에서'라는 뜻을 지니고 있는 이 시에는 '마르세이유', '코티향수', '마드무아젤', 'Z백호' 등의 외국 발음으로 된 시어가 등장한다. 신기한 것들로 가득찬 '상점'을 그려내기 위해 이상은 외국의 물품이나 언어를 적극적으로 활용한다. 이상은 외국어뿐 아니라 수많은 기호로 이루어진 숫자판이나 도표를 통해 작품에 새로움을 불어넣는다. 이러한 일련의 과정들은 억압된 피식민지인의 한계를 뛰어넘고자 부단히 노력한 흔적이자, 한 존재의 내면을 자신만의 방식으로 표현하고자 했던 시도라 할 수 있다.

이상의 전기에서 볼 수 있듯이, 이상의 짧은 생애는 계속되는 실패의 연속이었다. 어린 시절 친부모를 떠나 백부의 집에서 자랐던 이상은 백모의 눈치를 보면서 외로움 속에서 성장했다. 백부는 이상의 학업을 돕는 후원자이기도 했지만, 친부모에 대한 정을 묻은 채 살아가기에 그 당시의 이상은 너무나 어린 나이였던 것이다. 물론 어릴 때부터 명민한 두뇌로 좋은 학업 성적을 거두면서 사람들에게 인정받기도 했지만, 폐결핵으로 인해 조선총독부 기수직을 사직할 수밖에 없었던 이상은 죽음의 위기를 경험하면서 깊은 고독 속으로 침잠하기 시작한다. 그럼에도 생계를 걱정해야 했던 이상은 황해도 배천 온천에서 요양하다가 만난 금홍이를 경성으로 불러들여 카페 '燕(제비)'을 개업한다. 그는 경영난으로 제비를 폐업한 뒤에도 계속해서 '쓰루', '69', '무기'를 경영하면서 쓰디쓴 실패를 맛본다. 이상의 여동생 김옥희의 증언에 따르면, 이상은 "뭔가 집에 보답하려고 카페를 했었"[4]다고 한다. 그동안 체계적인 사업 교육을 받지 않았던 이상이 집안에 보탬이 되고자 카페를 열었다는 사실은 집안의 장자였던 이상의 책임감과 의무감을 엿볼 수 있는 부분이다. 생계와 관련이 있던 카페는 한편으로 경성 거리를 누비던 모던보이 이상에게 자신만의 세계를 꾸리면서 답답함을 해소할 수 있었던 해방의 장이기도 했다. 그렇기 때문에 계속되는 사업 실패는 이상에게 큰 타격이 될 수밖에 없었다.

학창시절부터 그림 그리기를 원했던 이상은 학교 진학 이후 건축을 공부했고, 건강 악화로 인해 생계를 꾸리는 데 어려움을 느끼면서도 자기 자신만의 세계를 그려보고자 글쓰기를 시도했다. 이상의 작품에는 혼란스러운 세계 속에서 살아가는 한 인간이 무엇 때문에, 어떻게 절망하는지가 고스란히 담겨 있다. "제1의아 해가무섭다고그리오./제2의아해도무섭다고그리오./제3의아해 도무섭다고그리오."(시 「오감도 시제일호」) 무한 반복하는 화자의 말에는 점점 더 공포만을 느낄 수밖에 없는 절박함이 묻어 있다. 이상은 이전에 없던 새로운 세계의 공포를 보여주기 위해 이전에 없던 방식으로 시를 썼다. 이상이 이러한 내면적 문제와 더불어 그려냈던 당대 현실은 식민지 지식인으로서의 자의식이 투영된 것이다. 그렇다면 새로운 물결이 일어나고 있었던 1930년대 조선 의 경성, 이곳에서 작가 이상이 마주했던 현실의 문제는 무엇이 었을까?

## 사랑의 실패와 '천사'의 추락

이상의 시에서 상당 부분을 차지하는 대상은 화자인 '나'와 애 정 문제를 앓고 있는 여성이다. 앞서 살펴보았듯, 1930년대 경성 의 카페는 '모던 보이', '모던 걸'이 만나는 소통의 장소이기도 했 지만, 자본주의 사회에서 본격적으로 여성의 성을 사고파는 공간 으로 자리매김하기도 했다는 어두운 단면을 지니고 있다. 최첨단 의 모던한 차림으로 성적 매력을 발산하는 카페 여급은 적극적으 로 자신의 매력을 선보이는 신여성의 모습을 갖추고 있으면서도, 과도한 성적 대상화로 인해 종종 남성들로부터 버림받고 상처받 는 여성의 이미지를 지니고 있었다. 이상 역시 그의 시에 성적 매력을 통해 자기 존재감을 보여주는 여성의 모습을 그려낸다. 이상은 근대의 왜곡된 성 문화를 드러내면서 한 인간의 존엄이 추락하는 지점에 '돈'이 있음을 밝힌다.

이 당시에 인기 있던 잡지들에는 자유연애에 대한 실제 사례와 연애 소설이 상당량 실리게 되는데, 이로부터 근대의 자유연애와 사랑의 환상이 대중의 삶에까지 파고들었음을 알 수 있다. 물론, 경성 거리에 양장 차림을 한 모던 보이와 모던 걸의 자유연애만이 행해졌던 것은 아니다. 전통적 가치관을 가지고 있던 여성은 가부장제 이데올로기 내에서 조혼을 하는 등 이전의 풍습대로 살아갔고, 자유롭게 자신의 생각을 표현하는 신여성은 신식 교육을 받으며 결혼을 늦게 하면서 연애를 즐기려 했다. 문제는 본격적으로 돈에 의해 여성의 가치가 매겨지기 시작하면서 생겨난다. 당시의 혼란과 급변하는 성 이데올로기 문제를 예리한 시선으로 그려낸 작가가 바로 이상이다.

천사는웃는다, 천사는고무풍선처럼부풀어진다.

천사의흥행은사람들의눈을끈다.
사람들은천사의정조의모습을지닌다고하는원색사진판그림엽서를산다.

천사는신발을떨어뜨리고도망한다.
천사는한꺼번에열개이상의덫을내어던진다.

일력은초콜레이트을늘인다.

여자는초콜레이트으로화장하는것이다.

여자는트렁크속에흙탕투성이가된즈로오스와함께엎드려져운다.

— 시 「흥행물천사」 부분

일차적으로 이 시를 읽은 독자는 띄어쓰기가 전혀 되어 있지 않은 텍스트에 당혹감을 느끼게 된다. 모든 단어를 붙여 쓰면서 작품 안에 여백을 두지 않으려는 시 쓰기 방식은 이상 시의 특징 중 하나이다. 충실하게 텍스트를 그대로 읽는 독자는 이상의 시를 빠르게 읽게 된다. 이상은 자신의 시를 읽는 독자에게 휴식을 주지 않으면서 숨 가쁜 시 읽기의 경험을 하게 만든다. 이러한 독자의 경험은 이상이 시를 창작하면서 느낄 수밖에 없었던 불안·초조의 감정을 공감하도록 이끌고, 삶으로부터 희망을 건져 올릴 수 없었던 화자 혹은 작가의 심경을 예측하게 하는 것이다.

두 번째 당혹감은 내용의 해석을 하는 순간 전해진다. 이 시에서 '천사'라고 일컬어지는 여자의 모습은 그동안 우리가 알고 있던 순결한 천사의 모습과 다르다. 이상이 그려내는 '천사'는 흥행을 위해 웃음을 팔고 고객들이 원하는 '정조'와 '원색사진'의 선정적인 모습을 동시에 충족시키는 거리의 여성이다. 자본주의에서 말하는 '흥행'이 더 많은 돈을 불러들일 수 있음을 의미한다고 할 때, 고객의 눈길을 사로잡는 여성의 유혹하는 웃음은 곧 돈의 양과도 비례하게 된다. 이상은 일반적으로 떠올릴 수 있는 천사의 모습을 거리의 여성으로 바꾸어버림으로써, 한 세계의 고결한 아름다움이 시장논리에 의해 값 매겨진 상품으로 전락하게 되는 상황을 강조한다.

이러한 상황에서 '천사'는 도망가지만, 천사의 행동을 비웃기라도 하듯 한꺼번에 던져진 덫이 그녀의 발걸음을 저지한다. 다시, 천사는 남성을 유혹할 수 있는 끈적끈적한 '초콜레이트'로 자신을 치장한다. 달콤한 초콜릿은 세련되고 새로운, 계속해서 유혹의 손짓을 하는 경성의 화려한 거리와 닮아 있다. 더 이상 회복할 수 없는 천사의 삶은 더러워진 즈로오스(여성용 속옷)와 동일하다. 이상이 형상화하는 세계와 여성의 모습은 불행한 삶 속에서 지속된다. 특히 화자 자신과 아내 사이의 관계성 문제에서 '나'와 세계 사이의 부조화가 두드러지게 드러나는 것을 볼 수 있다.

이상의 작품에서 '나'와 아내의 관계는 거의 대부분 비정상적인 방식으로 유지된다. 이들의 관계가 주목되는 이유는 무엇인가? 폐결핵으로 생계유지가 불가능한 화자에게 아내는 그가 만나는 거의 유일한 세계라고 할 수 있다. 이상이 소설「날개」에서 매춘을 하는 아내에게 기생하는 무기력한 남성을 보여줬던 것을 떠올려보자. 소설「날개」에서 남성 화자는 작은 방에서 온종일 아내를 기다린다. 아내 역시 이를 알고 있으면서도 계속해서 또 다른 남성 고객을 자신(아내)의 방으로 불러들인다. 남편으로서 사랑하는 아내를 또 다른 남성과 공유하는 것은 끔찍한 경험일 수밖에 없다. 그 어떤 부부라도 배우자의 매춘을 용인하는 행위는 불가능에 가까운 것이다.

이상이 보여주는 사랑의 문제는 그의 시를 에로티즘(Erotism)
의 관점에서 바라볼 수 있게 하는 이유가 된다. 남성 화자와 여성
의 관계는 어째서 절망에 가깝게 그려지는가? 아내는 화자가 끝
내 놓을 수 없는 하나의 세계이다. 병든 몸으로 살아가는 화자가
바라보는 이 세계(아내)는 균형을 잃고 절룩거리는 부조화의 세계
이다.

내키는커서다리는길고왼다리아프고안해키는적어서다리는짧
고바른다리가아프니내바른다리와안해왼다리와성한다리끼리한
사람처럼걸어가면아아이부부는부축할수없는절름발이가되어버
린다무사한세상이병원이고꼭치료를기다리는무병이끝끝내있다

—「지비」 전문

화자와 아내는 온전하게 앞으로 나아갈 수가 없는 관계이다.
어딘가 아프고 다친 남녀가 서로의 걸음을 균형 있게 맞출 수 없
다는 것은 결국 관계에 실패할 수밖에 없다는 의미와도 같다. 이
세상을 절름발이가 되어 걸어가는 남녀로부터 무슨 희망을 발견
할 수가 있을까? "내 것 아닌 지문이 그득한 네 육체가 무슨 조문
을 내게 구형하겠느냐"(시「무제」)와 같은 구절에도 이러한 불행한
삶이 제시되어 있다. 매춘 행위로 인해 아내의 육체에는 늘 다른
남성의 '지문'이 찍혀 있고, 화자는 이에 분노하면서도 차마 아내
를 완전히 내치지 못한다. 이 시에는 아내의 생계를 책임질 수
없는 남편의 무력함, 아내를 원망하면서도 또 포기하지 못하는
애증의 감정, 여성의 몸을 돈으로 사고파는 매춘의 문제가 있다.

이상은 여성의 몸을 상품화하기 시작하는 근대 자본주의의 모습을 화자와 아내의 관계를 통해 보여준다. 이상은 관찰자의 시선에서 매춘 여성을 그려내지 않는다. 그는 작품 속에서 사랑하는 아내를 매춘 여성으로 만들면서 깊은 감정의 갈등을 만들어낸다. 이러한 시적 설정은 결국 그 시대를 문제적으로 바라본 이상의 시선으로부터 나온 것이라 할 수 있다. 각 개인이 갖고 있는 모든 문제들이 화려한 거리 속에 파묻혀 있을 때, 이상은 그 거리를 거닐며 이 시대의 이후, 이 경성의 이후를 사유했던 것이다.

## 농촌의 '권태'와 동경의 '악취' 사이

작가로서의 이상 개인에게 가장 큰 좌절을 안겨주었던 사건은 『조선중앙일보』에 연재를 시작했던 「오감도」 연작이 독자의 항의로 중단되었던 일이었을 것이다. 포부를 갖고 시작한 연재가 중단된 이후 이상의 심경이 드러난 글의 일부를 인용하면 다음과 같다. "왜 미쳤다고들 그러는지 대체 우리는 남보다 수십 년씩 떨어져도 마음 놓고 지낼 작정이냐. (중략) 이천 점에서 삼십 점을 고르는 데 땀을 흘렸다."[5] 이처럼 일부분만 보아도 크게 상심한 이상의 마음 상태를 짐작할 수 있다. 이러한 관점에서 본다면, 이상이 동경으로 유학을 떠나려던 것도 한 개인으로서 혹은 작가로서 자신의 세계를 인정받을 수 있는 새로운 삶을 향해 나아가고자 했던 욕망의 한 갈래라고 이해할 수 있다.

이상에게 의미가 있는 공간을 꼽는다면, 첫째로 경성이고 둘째가 조선의 농촌, 마지막 셋째가 동경일 것이다. 경성은 이상의 정신적 토대를 형성하게 했던 성장 공간이자 최첨단의 감각을 가장 먼저 접할 수 있게 했던 근대 공간이다. 조선의 농촌은 끝도 없이 지루한 권태의 감정만을 느끼게 했던 무미건조한 공간이다. 이상의 수필 「권태」를 살펴보면, 이상이 얼마나 깊게 도시적 감수성에 익숙해져 있는지를 알 수 있다. 경성 출신의 모더니스트 이상은 문명 세계를 떠나 농촌에 머물면서 불안증을 느낀다. 끊임없이 이동하고 변화하는 경성과 달리 농촌은 시대에 뒤떨어진 낙후된 공간처럼 보였고, 이상은 여기서 참을 수 없는 권태의 감정을 느끼게 된다.

> 지구 표면적의 백 분의 구십구가 이 공포의 초록색이리라. 그렇다면 지구야말로 너무나 단조 무미한 채색이다. 도회에는 초록이 드물다. 나는 처음 여기 표착(漂着)하였을 때 이 신선한 초록빛에 놀랐고 사랑하였다. 그러나 닷새가 못 되어서 이 일망무제(一望無際)의 초록색은 조물주의 몰취미(沒趣味)와 신경의 조잡성으로 말미암은 무미건조한 지구의 여백인 것을 발견하고 다시금 놀라지 않을 수 없었다.
> – 수필 「권태」 부분

단조롭게 펼쳐진 초록의 풍경은 '나'에게 생동감을 전해주지 못한다. 오히려 오늘도 내일도 똑같은 초록빛깔일 것 같은 이 권태로운 풍경이 '나'에게 공포감을 줄 뿐이다. 가난한 농촌과 잠만

자는 개들과 장난감 하나 없는 아이들의 모습을 '나'는 그저 답답하게 쳐다볼 뿐이다. 마치 엿가락을 늘인 듯이 농촌의 시간은 끝도 없이 늘어져서 똑같은 풍경만을 보여준다. '나'는 여물을 씹는 소가 반추하듯 사색을 하는 행위도 반추가 가능한지 가늠해보지만 이마저도 쉽지가 않다. 폭발할 듯한 도시의 에너지가 부재한 농촌의 모습은 '나'를 무기력하게 만들고야 마는 것이다. 조선의 농촌은 경성과 대비되는 공간이며, 이상이 꿈꾸던 동경과 가장 멀리 떨어져 있는 공간이기도 하다.

이상에게 의미가 있는 마지막 공간은 동경이다. 경성이 받아들인 신문물·신문화·신지식은 대부분 일본의 영향을 받은 것들이었다. 첨단 유행의 전면에 있었던 이상이 근대의 진짜 모습을 보고 싶어 했던 것은 당연하다. 그러나 이상은 막상 동경에 도착해서 큰 실망을 느낀다. 이러한 부분은 절친한 형 김기림에게 보낸 편지에 잘 나타나 있다.


동경이란 참 치사스런 도(都)십디다. 예다 대면 경성(京城)이란 얼마나 인심 좋고 살기 좋은 '한적한 농촌'인지 모르겠읍니다. 어디를 가도 구미(口味)가 땡기는 것이 없소그려! キザナ(같잖은) 표피적인 서구적 악취(惡臭)의 말하자면 그나마도 그저 분자식(分子式)이 겨우 여기 수입이 되어서 ホンモノ(진짜) 행세를 하는 꼴이란 참 구역질이 날 일이오. 나는 참 동경이 이따위 비속(卑俗) 그것과 같은 シナモノ(물건)인 줄은 그래도 몰랐소. 그래도 뭐이 있겠거니 했더니 과연 속 빈 강정 그것이오.　　－「사신 6」

이상은 놀랍게도 동경에서 '악취'를 느끼면서 경성에 대한 향수를 느낀다. 이 상반된 감정은 동경을 모조 근대로 인식하면서 생겨나는데, 일본의 '긴자'를 '해골'과 같이 추하고 남루하다고 느끼는 부분에서 동경을 바라보는 이상의 부정적 시선이 드러난다. 동경은 서양의 것을 어설프게 흉내 낸 것에 지나지 않다고 판단한 것이다. 조선에 절대적 영향력을 행사하던 일본의 수도에서 느낀 '불쾌'한 감정은 동경에 도착하기 전까지 갖고 있었던 꿈이 완전히 배반되면서 발생한 것이었다. 작가로서, 가난한 가문의 장자로서 새로운 세계로 돌파하고자 했던 이상은 오히려 그 동경 땅에서 불령선인(불온하고 불량한 조선사람)으로 체포되어 감옥에 들어가게 된다. 이로 인해 이상의 폐결핵은 더욱 악화되었고 결국 한 달여 만에 석방돼 동경제국대학 부속병원에서 28세의 나이로 사망한다.

이상이 자신의 생각을 마음껏 펼쳐 보일 수 있었던 공간은 어디였을까? 이상은 조선의 농촌에서 한없이 지루한 권태를 느끼고, 가난한 와중에도 큰 뜻을 품고 갔던 동경에서 참을 수 없는 악취를 느꼈다. 그렇다면 경성은 어떠한가? 경성은 조선에서 가장 근대화된 공간이었지만, 대륙 침략의 병참기지화 역할을 위한 공간이었다는 점에서 그 자체로 양가적 성격을 지닌다. 백화점 옥상에서 기모노나 양복을 입고 커피를 마시는 상류층들이 생각하는 경성의 화려한 빛과 나라를 잃은 현실 속에서 가난과 좌절을 느끼는 이들의 어둠이 대비되는 공간이 바로 경성이다. 이상이 배회하던 1930년대 경성의 거리는 새로운 세계를 펼칠 수 있었던 모던 사회인 동시에 절망을 느낄 수밖에 없었던 피식민지의 상실이 묻어 있었다.

작가 이상의 작품 속 화자가 만나는 세계는 가족, 아내(여성), 경성, 농촌, 동경 등이다. 이러한 세계들은 각각 '나'의 고독을 불러일으키는 원인이 된다. 이상은 작은 공간 안에 갇혀 있는 남성 화자의 모습을 반복적으로 작품 속에 그려낸다. 혹한이 방 안의 얼마 남지 않은 열기마저 위협하는 이미지(시 「화로」), 수척해져 가면서 어둠 속에서 신부만을 기다리는 무력한 남성의 이미지(시 「I WED A TOY BRIDE」)와 같이 화자가 머무는 공간은 늘 불안정하고 심지어 고통을 일으키기까지 한다.

화자는 어떠한 세계에도 속하지 못하는 외로운 존재였고, 거울 속에 있는 자기 자신을 들여다보고 대화를 시도하는 분열적인 이미지까지 보여준다(시 「거울」). 김기림은 이러한 이상을 두고 "가장 우수한 최후의 「모더니스트」"[6]라고 말한 바 있다. 이상의 세계 인식은 늘 현실보다는 더 멀리, 더 앞서 있었는지도 모른다. 화려하고 개방적인 공간의 상징이었던 경성이 실제로는 일본의 전략에 의해 왜곡된 근대의 모습으로 발전했다는 사실과 그 한계를 이상은 내다본 것이었을까?

조선의 농촌을 답답해하고 일본의 동경을 꿈꾸었던 이상은 바로 그 농촌과 동경 사이에 놓여 있었다. 자기 자신의 한계를 이겨내고자 온갖 새로운 기법으로 글을 쓰고, 새로운 땅인 동경으로 건너갔던 그의 행적을 좇는 것은 이상 시에 내포된 의미를 더욱 풍부하게 해석할 수 있는 작은 가능성을 확보하는 것이리라 생각한다. 이는 가장 깊은 감정을 공유하는 사이인 여성과의 애정 관계에도 실패를 거듭하고, 그 어느 공간에서도 자신만의 포부를 펼칠 수 없었던 한 작가의 이야기를 추적하기 위함이다. 빛과 어둠이라는 이중적 특징을 지니는 1930년대의 경성을 터벅터벅 걸어 다녔던 이상의 발걸음, 그 끝에는 희망과 절망 중 무엇이 있었을까?

**주**

1) 「토기의 소리와 라디오의 소리(下)」, 『동아일보』, 1933.11.2., 6쪽.

2) 이상의 본명은 김해경(金海卿)이고, 서울에서 태어났다. 1926년 경성고등공업학교 건축과에 입학하였고, 졸업 후에 조선총독부 내무국 건축과 기수로 근무하였다. 1929년 12월 「조선과 건축」 표지 도안 현상 모집에 1등과 3등으로 당선하였다. 1930년 조선총독부 기관지 『조선』에 첫 장편소설 「12월12일」을 연재하였으며, 1931년 『조선과 건축』에 일본어 시 「이상한 가역반응」을 발표하면서 본격적인 문학 활동을 시작하였다.

3) 여기서 다루는 시 작품들은 다음의 전집에서 인용하였다. 이상, 권영민 편, 『이상 전집 1 시』, 뿔, 2009.

4) 이상의 여동생 김옥희의 인터뷰에는 한 집안의 장자로서 고뇌해야 했던 청년 이상의 모습이 담겨 있다. 김옥희의 증언은 『레이디경향』, 경향신문사, 1985. 11월호 참조.

5) 이상, 권영민 편, 『이상 전집 4 수필』, 뿔, 2009, 161쪽. 이후 수필 「권태」와 편지 「사신 6」 역시 해당 전집에서 인용하였다.

6) 김기림, 「모더니즘의 역사적 위치」, 『金起林 全集 2』, 심설당, 1988, 58쪽.

# 08

# 서역기(西域記)를 통해 상상한 세계

최빛나라

**최빛나라**

동아시아 고전 비교문학 연구자. 현재 고려대학교 국어국문학과 박사과정
에 재학 중이다. 한국만이 아니라 중국, 일본, 월남의 역사와 문화, 그리고
문학을 함께 살펴 동아시아 한문문명권의 동질성과 이질성을 탐색하고자
한다.

## 동아시아 세계와 불교

동아시아는 오랜 기간 한문·유교·불교의 문화를 공유하였다. 그래서 동아시아를 한문 문명권, 유교 문화권, 불교 문화권 등으로 달리 부르기도 하는 것이다. 그러나 문명권 혹은 문화권이라는 같은 테두리를 이루는 과정에서 각 지역 간의 관계는 대등하지 않았다. 동아시아의 한쪽은 문화를 주도하고 전파하는 데에 그 역할이 있었다면, 다른 한쪽에서는 이를 수용하여 습득하는 데에 몰두하였기 때문이다.

중국은 종교·사상·문화를 주도하며 동아시아의 중심부 역할을 맡았다. 한편, 한국과 일본은 같은 문화권 안에서 주변부를 담당하게 되었다. '중심과 주변'이라는 지역 설정은 '중화사상(中華思想)', 즉 중국을 중심으로 하는 '화이(華夷)'의 세계관이 고대 동아시아 사회의 보편적 인식이었음을 나타낸다. 그러나 한·중·일의 관계는 과거부터 현재까지 줄곧 변화를 거듭하였다. 지역 간 위치 지어진 '중심'과 '주변' 관계가 애초부터 '고정'된 것이 아니기 때문이다.

중국은 동아시아 세계에서 우위를 차지하여 주변국에 대해 중심국으로서의 위치를 공고히 하고자 하였다. 실제의 지리 조건을 따져보더라도 중국이 차지한 영토의 범위가 동아시아 여느 나라를 능가하였다. 그러나 동아시아인의 '세계'는 항상 중국을 중심으로 형성되었던 것은 아니다. 과학적 지리도의 제작과 보급이 확산되기 이전부터 옛 사람들은 막연히 '세상'의 생김새를 상상하였다. 이러한 심상 지리에는 당대인이 귀중하게 여긴 가치관부터 자국과 주변국의 관계까지 여러 요인이 반영되었다. 세계의 영역과 형상을 결정하는 데에 과학이 아닌 '심리적' 요소가 결정적인 역할을 한 것이다.

동아시아인의 심상 지리는 외래에서 유입된 종교, 즉 '불교'의 전파 과정과 관계가 깊다. 특히 불교가 동아시아 내에서 자생한 산물이 아니라, 우리 문명권의 '바깥'에서 발생한 종교이자 철학·예술이라는 점에서 의미가 깊다. 외래의 산물이 그저 유입되는 것에 그치지 않고, 토착 문화와 융합하여 동아시아의 독자적 유산으로 자리하기에 이르렀다.

우리는 이 과정에서 산스크리트 문명권이라는 '외부 세계'와 만날 수 있었다. 이러한 타 세계와의 접촉은 동아시아 세계의 정체성을 확립하는 데에 지대한 영향을 끼쳤다. 또한, 동아시아인의 상상력을 자극하여 심상 지리를 형성하는 중요한 지표로 작동하기도 하였다. 불교가 제공하는 세계관은 이전에 없던 생동감을 지닌 것이었기 때문이다. 그 결과 동아시아인은 새로운 세계를 상상하고, 나아가 도식과 문학 작품을 통해 이를 구체화하기에 이르렀다.


## 세계 상상의 원천

### 외래 종교와 동아시아의 만남

불교가 중국을 매개로 동아시아에 수용·정착되었음은 주지의 사실이다. 이 과정에서 불교는 유교·도교와 서로 경쟁 관계를 맺으며, 종교에 대한 이해를 심화하고 발전시켰다. 그러나 불교가 전래 초기부터 중국 내에서 입지를 확보하였던 것은 아니다. 유교·도교 등으로 대표되는 토착사상과 종교가 이미 터전을 잡고 있었기 때문이다. 이들 토착 종교계에서는 '중화'에 입각하여 타 지역의 민족을 이(夷) 혹은 융(戎), 즉 '오랑캐'로 지칭하였다. 중국을 중심으로 하는 '중화사상'에 입각하여 볼 때, 불교는 '바깥'에서 발생하여 세계의 중심에 위치한 중국으로 전해진 독특한 유통 과정을 거친 종교였다. 이에 불교는 '서융(西戎)', 즉 '서쪽 오랑캐'의 산물로 여겨져 배척당하였다.

이 시기 중국에서 힘겹게 불교를 숭상하였던 이들은 줄곧 자신들의 믿음이 폄하당하는 시련을 맛보아야 하였다. 이러한 상황에서 불교계는 불교의 근원 공간인 '천축'을 세계의 중심으로 삼아, 중국에서 소외되는 현실을 '주변국'에서 수행하는 어려움으로 치환하고자 하였다. 토착 종교계에 의한 억압과 그에 대한 불교계의 반발이, '중화'를 전복하려는 인식의 발로가 된 것이다.

후한(後漢, 947~950) 때 가섭마등(迦葉摩騰)과 축법란(竺法蘭)은 명제(明帝)의 사신 채음(蔡愔)의 간청으로 불상·경전을 흰 말에 싣고 중국 낙양(洛陽)에 도착하였다. 이들은 천축 출신의 승려로, 낙양의 백마사(白馬寺)에 머물며 『사십이장경(四十二章經)』을 한역(漢譯)하였다. 이 경전은 기존의 경전을 온전히 번역하기보다는 여러 경전에서 요지를 추려 엮은 것이다. 그렇기에 내용의 취사(取捨)와 번역에 있어, 천축 출신인 역자들의 주관이 보다 강하게 반영되어 있다고 볼 수 있다.

경전의 서두에는 『사십이장경』이 중국에 들어오게 된 연유를 밝히는 이야기가 나오는데, 여기서 역자들은 '천축이야말로 진정한 가운데 나라[中國]'임을 강조하였다. 중화사상이 중국에게서 시작되었듯, 천축인도 자신의 나라를 세상의 한가운데에 위치한 중심국(中心國)이라 여긴 것이다. 이러한 천축 중심의 세계 인식은 천축 내에서만 머무르지 않았다. 세계에 대한 새로운 상상이 불교 전파와 함께 중국인에게까지 영향을 미치게 된 것이다.

후한 말의 사람인 모자(牟子)는 유·불·도의 삼교(三敎) 일치를 주장하며 「이혹론(理惑論)」을 저술하였다. 앞서 언급하였듯, 전래 초기의 불교는 그 입지가 좁았기 때문에 모자는 불교 옹호 방식에 있어 보다 유연한 자세를 취하고자 하였다. 타 종교의 부정(否定)을 통해 불교의 우위를 주장하기보다는 유교·도교와의 조화를 추구하는 방식으로 '호불(護佛)'하고자 한 것이다. 그러나 「이혹론」의 언설을 살펴보면 모자는 불교의 대변자(代辯者)에 그치지 않고, 나아가 불교의 발생지인 '천축'을 세계의 중심으로 인식하고자 했음을 알 수 있다.

> 천축은 하늘과 땅의 중간이고 평정과 조화 속에 있는 곳이다.
> …… 북극성의 위치로부터 하늘의 한가운데 아래에 있는 것은 중국이 아니라, 천축이다.
>
> ―「이혹론」

고대 동아시아 사회는 하늘과 땅과 사람이 하나로 연결된다는 천지인(天地人) 사상을 지니고 있었다. 이 때문에 하늘의 천문(天文)을 근거로 하여 땅의 이치를 해명하기도 하였다. '땅'의 중앙, 즉 세계의 중심을 파악하고자 할 때에도 이러한 원리가 작동한다. 이 때문에 모자가 모든 별의 중심이자, 하늘의 중심이라 여겨지는 북극성을 기준으로 삼아 땅의 중심이 천축임을 강조하고자 한 것이다.

이밖에도 승려 혜교(慧皎)가 6세기 중엽에 지은 『고승전(高僧傳)』에는 '천축에서는 하지(夏至) 때 해가 한가운데 있어 그림자가 없는데, 이것을 소위 천중(天中)이라 한다.'라는 언설이 있다. 또한 학승(學僧) 도선이 편찬한 『광홍명집(廣弘明集)』에서는 '천축이야 말로 삼천 개의 해와 달 및 수많은 세계의 중심이다.'라 하여, 불교를 오랑캐의 종교라 비난하는 데에 대해 반박하고자 하였다. 세계의 천문·지리적 중심인 천축에서 발생한 불교의 우수성을 밝히고 옹호하고자 한 것이다.

본디 불교는 만민이 평등하기에 중심과 주변을 막론하고 누구나 '부처'가 될 수 있음을 설파하는 세계 보편종교이다. 그러나 중국에서는 중화와 오랑캐를 구별하여 위계를 분명하게 하였기에, 불교계 인사들은 만민평등의 교리와 화이질서의 간극 사이에서 고단한 신앙생활을 이어갈 수밖에 없었다. 그러나 불교 배척론(排斥論)에 맞서고자 한 호불론자(護佛論者)들은 천축이야말로 하늘과 땅의 중간이자, 진정한 '가운데 나라[中國]'라 강조하고 있다. 척불(斥佛)에 따른 수행의 어려움과 설움을 '중화'를 뛰어넘는 방식으로 해소하고자 한 것이다.

불교계의 인사들, 특히 승려들은 이러한 인식을 바탕으로 불교의 근원 공간이자 세계의 중심인 '천축'을 직접 경험하고자 하였다. 이를 통해 불교를 창시한 석가모니 세존(世尊)의 행적을 직접 좇고, 중국에 미처 충분히 전달되지 못한 불경을 완비하고자 함이었다. 이러한 구법순례(求法巡禮)를 목적으로 한 승려들의 천축행(天竺行)은 3세기부터 11세기까지 지속되었다. 그러나 천축으로의 여정은 그야말로 고난의 연속이었다.

흔히 비단길이라 불리는 입축의 경로는 거대한 산맥과 광활한 사막으로 가로막혀 있었다. 동진(東晋) 시대의 승려인 법현(法顯, 337~422)은 천축에 다녀온 후 '사하(沙河)에는 원귀(寃鬼)와 열풍(熱風)이 심해서 이를 만나면 모두 죽고 한 사람도 살아남지 못한다. 위로는 나는 새가 없고 아래로는 길짐승이 없다. 아무리 둘러보아도 아득하여 가야 할 길을 찾을 수 없고, 언제 죽었는지 알 수 없는 메마른 해골만이 길을 가리키는 표지가 되어준다.'라고 술회하였다. 고난의 도중(道中)에 많은 이들이 사고나 병으로 객사하였고, 고생 끝에 천축에 도착하고서도 다시 귀국(歸國)하지 못하는 경우가 허다할 정도였다.

이렇듯 생사를 넘나드는 구법순례의 길 끝에, 그 기록 남겨 불교 발전에 기여한 인물들이 있었다. 앞서 언급한 법현(法顯)은 5세기에 『불국기(佛國記)』를 저술하였으며, 송운(宋雲)은 6세기에 「송운행기(宋雲行記)」를 남겼다. 이를 비롯하여 『서유기(西遊記)』의 모태가 된 『대당서역기(大唐西域記)』가 7세기에 현장(玄奘)에 의해 쓰였고, 의정(義淨)은 『대당서역구법고승전(大唐西域求法高僧傳)』

을 통해 입축을 시도한 동아시아 여러 승려들에 대한 기록을 남겼다. 이들 '서역기(西域記)'는 그 수가 적음에도 불구하고, 현재까지도 서역과 천축에 대한 이해를 높이는 데에 기여하고 있다.

## 현장과 『대당서역기(大唐西域記)』의 영향

천축을 직접 경험한 여러 승려 중에서도, 현장(玄奘, 602~664)은 동아시아 불교사에 가장 굵직한 자취를 남긴 인물이다. 그는 소설 『서유기(西遊記)』를 통해 삼장법사(三藏法師)라는 이름으로 더 많이 알려져 있기도 하다. '삼장(三藏)'이란 불교 경전을 총칭하는 말로, 불경에 정통한 현장을 존대하여 그를 '삼장법사'라 부르게 된 것이다. 현장은 서쪽으로의 여행 동안 얻은 불경과 그에 대한 이해를 바탕으로 역경(譯經) 사업을 이룩하여 불교의 중국화에 큰 기여를 한 인물이다. 또한, 현장의 '서

현장법사(玄奘法師)

역 여행기'는 동아시아 지식인이 천축과 서역을 이해하는 데에 많은 정보를 제공하였다. 『대당서역기』와 역경의 결과물로 인해 현장의 영향력은 동아시아 전역에 미치게 되었다.

현장은 무려 17년간 천축에 유학하였는데, 이 역시 불교의 근

원 공간을 직접 경험하고픈 바람에서 시작된 것이었다. 현장은 중국의 여러 도시를 다니며 불교 연구에 매진하던 학승이었다. 불교에 대해 깊이 공부할수록 교리(敎理)에 대한 의문은 점차 늘어났지만, 중국에서 번역된 경전으로는 명확한 해답을 얻을 수 없었다. 이에 현장은 불교의 발상지인 천축을 직접 찾아가 불경의 원본을 구하고, 평소에 품어왔던 의혹을 해소하고자 하였다.

그러나 현장의 바람과 달리 당시 중국에서는 법적으로 서쪽 출입을 금지하고 있었다. 입축 활동 자체가 국가에서 정한 범법 행위였던 것이다. 또한 당태종(唐太宗)은 수대(隋代)에 취했던 불교 보호 정책을 폐기하여 이전 왕조의 그늘에서 벗어나고자 하였다. 이러한 요건들이 맞물려 중국의 학승들이 국내에서 불교의 원리를 탐구하는 데에는 어려움이 따랐다. 그러나 젊고 열정이 넘쳤던 현장은 이에 굴하지 않았다. 천축행을 각오한 현장은 627년, 몰래 서쪽으로의 여행길에 올랐다.

천신만고 끝에 천축에 도착한 현장은 중천축(中) · 동천축(東天竺) · 남천축(南天竺) · 북천축(北天竺)의 오천축(五天竺)을 두루 방문하며 성지(聖地)를 순례하였고, 최고의 불교 학교인 나란다(那爛陀) 대학에서 십여 년 동안 공부하였다. 이후, 645년에 다시 중국으로 귀환하여 『대당서역기(大唐西域記)』를 집필하였다.

현장은 오랜 서역 여행 동안 직접 가본 곳과 간접적으로 들은 곳을 합하여 138개국에 대한 지식을 12권의 저술로 남겼다. 각 나라의 풍토(風土) · 산물(産物) · 풍속(風俗) · 전설(傳說)뿐 아니라 불사(佛寺) · 불승(佛僧) · 불탑(佛塔) · 성적(聖蹟)의 유래 등을 함께 서술하였다. 그러나 『대당서역기』는 여행기라기보다는 지리지(地理志)에 더 가깝다. 현장이 천축 체험에 대한 개인의 소회를 남기고자 이 책을 집필한 것이 아니었기 때문이다. 『대당서역기』는 현장의 애초의 입축 목적과는 다른 차원의 결과물이었던 것이다.

당시 중국의 황제이던 당태종 이세민은 중국의 혼란을 수습하고 중앙집권체제를 구축하였다. 국내의 체제를 정비한 후에는 바깥으로 눈을 돌려, 본격적으로 서역 진출을 꾀하기 시작하였다. 한족(漢族)의 황제인 동시에 북방(北方) 전역의 맹주(盟主)가 되고자 한 것이다. 당태종의 이러한 공격적 대외 정책은 중국이 대국(大國)으로써 군림하는 결과를 낳았다. 이러한 대외 전략의 실천은 서역에 대한 정밀한 정보라는 기반이 있었기에 가능하였다. 여기에 가장 큰 몫을 담당한 이가 바로 현장이었다.

중국을 세계제국의 반열에 올리고자 한 당태종에게 무엇보다도 정벌의 대상을 잘 아는 것이 시급한 일이었다. 이에 정보 제공의 적임자로 포착된 것이 현장이었다. 그는 막 서역 여행을 마치고 돌아온 인물이었다. 즉, '바깥 지역'을 가장 최근에 경험한 자이자, 최신 정보의 보유자였던 것이다. 당태종은 현장으로부터 이 서역 첩보(諜報)를 얻어내고자 노력하였다. 이에 '불교 보호 정책 폐기'에서 '불교 지원'으로 입장을 변경하고, 현장의 애초 목표였던 역경에 대해서도 지원을 아끼지 않았다. 덕분에 현장은 귀국길에 중국으로 가져온 수많은 경전을 황제의 보살핌 아래 번역할 수 있었다.

이전까지 중국과 여타 동아시아 지역에서는 구마라습(鳩摩羅什)

불교의 세계관

이라는 천축승에 의한 한역 경전에 의존하여 불경을 탐독하였다. 그러나 현장이 새로운 역경을 주도하면서부터는 구마라습의 역경을 '구역(舊譯)'으로, 현장의 역경을 '신역(新譯)'으로 지칭하게 되었다. 이 중에서도 특히 현장이 새롭게 번역한 『아비달마구사론(阿毘達磨俱舍論)』은 천축의 논사 세친(世親)이 지은 것으로, 4세기 무렵 정리된 불교의 세계관이 고스란히 열거되어 있다. 여기에 제시된 불교의 세계관은 도식 가능할 정도로 구체적이었다.

불교의 세계관은 그 전개 과정에서, 천축 고유의 옛 신화에 근거하면서도 불교만의 세계를 체계화하였다. 이는 동아시아의 토착 신앙이 보유한 신의 세계가 막연했던 것과 달랐다. 불교가 제공하는 세계는 복잡다단할 정도로 세밀한 정보까지 담고 있었다. 이에 직접 경험한 세계는 아니라 할지라도, 공간의 부분 부분에 대해 일정한 형태와 성질을 지각할 수 있었다. 그동안 자국의 종교·사상이 마련하지 못하였던 세계 지리에 대한 '심상(心像)'이, 불교가 제공하는 구체적 세계관으로 인해 가능해진 것이다.

또한, 현장은『아비달마구사론』의 번역에 그치지 않고,『불설장아함경(佛說長阿含經)』·『기세경(起世經)』등 여타의 불경을 참고하여『대당서역기』의 첫 부분에 불교의 세계관을 종합·정리하였다. 현장의 신역(新譯) 활동과『대당서역기』저술은 불교와 그 발생지인 '천축'에 대한 이해를 높였을 뿐만 아니라, 동아시아인이 세계를 상상하는 데에 원천을 공급한 것이다. 이렇듯 현장에 의해 마련된 심상 지리의 원천은 중국 불교와 함께 동아시아 각 지역에 전달되었다.


## 동아시아인이 상상한 세계

### 중국인이 상상한 세계

앞서 살핀바, 현장의 귀국 이후 중국 내 불교의 위치는 점차 확고해졌다. 이러한 상황에 맞추어 중국인이 세계를 상상하는 방식에도 변화가 생기기 시작하였다. 변화의 조짐은 '서역기'를 통해서 확인할 수 있다.

 '현장 서역기'는 여러 종류가 있다. 현장이 귀국한 이듬해 저술한 『대당서역기』(646) 이외에도 도선(道宣)의 「현장전(玄奘傳)」(647년 추정), 혜립(慧立)의 『대자은사삼장법사전(大慈恩寺三藏法師傳)』(688) 등이 차례로 쓰였다. 현장의 『대당서역기』 외에도 '현장 서역기'가 존재하는 것은, 대대적으로 이루어진 역경 사업과 관련이 있다. 이들 '서역기'의 찬술자들이 모두 현장의 역장(譯場)에 소속된 이들이었기 때문이다. 이들은 산스크리트어를 번역하여 다시 한문 어순에 맞게 단어를 나열하는 작업을 담당하여 역경 사업에 일조하였다. 현장의 업적을 곁에서 직접 확인한 이들에게, '서역기'의 의미는 남다를 수밖에 없었을 것이다.

 현장의 귀국에서 시작된 역경 사업에 대한 국가의 전폭적 지지는 불교계 전체를 고무시켰다. 이는 불교와 승려에 대한 처우 변화와 함께 이루어져, 현장은 그야말로 '영웅'으로 공경받았다. 이러한 현장의 '영웅화'는 후기(後期) 서역기에도 반영되었다. 「현장전」과 『대자은사삼장법사전』에는 현장이 여러 부처와 보살들의 보살핌을 받았을 뿐 아니라, 천축의 여러 승려와 중생을 직접 깨우치는 이야기가 전한다. 애초 '국제 정세 보고서'이던 서역기가 불교의 융성 이후, '현장 신화(神話)'로 변모한 것이다.

 이는 중국의 승려들이 더 이상 천축으로부터 전달된 정통 불교에 의존하지 않게 되었음을 의미한다. 신역을 통해 완비된 불경과 불교 자체의 중국화는, 중국인이 천축 중심의 인식으로부터 벗어날 수 있게 하였다. 중국 불교에 대한 자부심은 세계를 상상

사해화이총도(四海華夷總圖)

하는 데에도 영향을 끼쳐, 중국이 불교의 발상지를 뛰어넘는 전
등(傳燈)의 공간으로 올라서게 한 것이다.

「사해화이총도(四海華夷總圖)」는 이러한 세계 인식을 잘 보여주
는 지도이다. 이는 송대(宋代) 승려 지반(志磐)의 『불조통기(佛祖統
紀)』에 수록된 여러 지도들을 조합하여 제작한 것으로, 원래의 명
칭은 「남섬부주도(南贍部洲圖)」였다. 남섬부주는 불교의 수미산
세계 중에서 남쪽에 위치한 인간의 현실세계에 해당한다(174쪽 불
교 세계관 그림 참고). 이러한 명칭은 이 지도가 불교의 세계관을

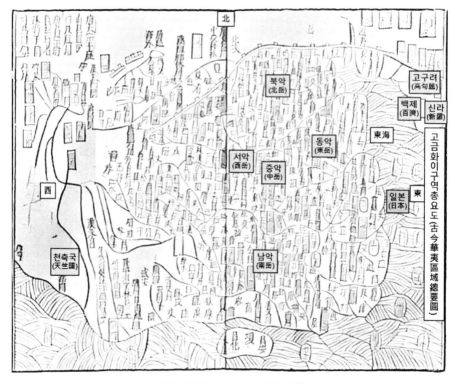

북악
(北岳)

고구려
(高句麗)

백제
(百濟)

신라
(新羅)

동악
(東岳)

東海

서악
(西岳)

중악
(中岳)

일본
(日本)

東

西

천축국
(天竺國)

남악
(南岳)

北

北

고금화이구역총요도(古今華夷區域總要圖)

고금화이구역총요도(古今華夷區域總要圖)

나타내고 있다는 것을 알 수 있게 한다. 그러나 불교계의 세계
지리도임에도 불구하고 그 제목을 사해화이총도, 즉 '천하[四海]
의 중심[華]과 주변[夷]을 나타낸 지도[總圖]'라 하였다. 중국을 세
계의 중심으로, 그 외의 국가를 오랑캐로 상정하고 있는 것이다.
이는 왕조의 주도로 제작된 「고금화이구역총요도(古今華夷區域總
要圖)」의 세계 인식과 크게 다르지 않다. 이들 지도는 모두 송대
중국인이 세계 지리를 어떻게 상상하였는지를 보여준다. 이를 통

해 불교의 중국화가 이루어진 당·송대를 기점으로, 종교계 안팎에서 이미 중국을 세계의 중심으로 인식하는 화이의 세계관이 견고해진 것을 확인할 수 있다.

## 한국인이 상상한 세계

우리의 경우, 불교의 수용 과정에서 토착 종교와의 대립·갈등이 비교적 크지 않았다. 우리 전통의 신앙은 외래 종교인 불교와 각축을 벌이며 발전을 거듭하기보다는, 우리의 신앙이 불교에 흡수되어 고유의 기능을 상실하기에 이르렀다. 이는 지리적으로 인접한 중국을 거친 결과이기도 하다.

불교는 천축이 그 발생지임에도 중국을 통해 수입한 종교·문화였기에 우리 불교는 중국의 영향을 크게 받았다. 우리와 중국 사이의 교류는 이른 시기부터 매우 빈번하였다. 고구려·백제·신라의 고대국가들은 중국을 통해 한문화와 불교문화를 수입하여 국가통치의 기초를 이루었고, 신라는 당과 연합하여 삼국을 통일하였다. 이러한 과정에서 중심과 주변의 관계가 동아시아 국가 간 대외 정책의 기본 방침이 되어, 중국 주도의 문화교류가 이루어진 것이다.

그러나 한반도에 불교가 전래된 이후 교리에 대한 이해가 심화하면서부터는, 점차 종교의 근원 공간인 '천축'에 주의를 기울이기 시작하였다. 종교 발상지에 대한 관심은 구법순례 활동으로 이어져 신라의 많은 승려들이 입축을 시도하였다. 이러한 '천축'

인식의 부상은 중국과 한국 사이의 정세와 깊은 관련이 있다.

7세기에 신라는 당나라와 연합하여 삼국을 통일하고자 하였다. 그러나 백제와 고구려가 멸망한 후 당나라가 돌변하여 한반도 전 지역을 차지하려 하자, 신라 역시 대당(對當) 노선을 변경하기에 이르렀다. 이에 신라는 이전까지 맺어온 당과의 동맹관계를 깨트리고 대당항쟁(對唐抗爭)에 나섰다. 이때 신라의 불교계 역시 '중화'를 벗어나기 위해 인식의 전환을 꾀하였다. 중국과 한국 사이의 외교 문제가 발생하면서 중국의 영향을 벗어나 '천축'에 가깝고자 하는 인식이 거세지기 시작한 것이다.

이러한 인식 전환은 '불국토(佛國土) 사상'을 통해서 가장 극명하게 드러난다. 이는 부처가 있는, 혹은 부처가 교화하는 국토가 바로 '이 땅'이라 믿는 독특한 사상이다. 불교가 우리와 무관한 외래 종교가 아니라 한반도의 신앙이기도 하다는 신념을 제시하고자 한 것이다. 이는 불교가 천축의 산물이 아니라는 의미이기보다는, 한반도를 불교의 근원 공간과 동일시하고자 한 소망에 기인한 것이라 볼 수 있다.

> 불법은 온 나라를 덮는 자비로운 구름이 되었다. 다른 세계의 보살들이 세상에 출현하시고, 서쪽의 유명한 승려들이 이 땅에 강림하셨다. 이로 말미암아 사해(四海)를 합쳐 한 집안이 되었다.
>
> ―『삼국유사』

일연(一然)의 『삼국유사(三國遺事)』에는 천축과 밀접하고자 한 당대인의 바람이 잘 나타나 있다. 이에 천축의 승려는 불·보살과 마찬가지로 '강림(降臨)'하는 존재가 되었으며, 자비로운 불법 아래 천축과 우리는 '한 집안'이 되었다. 이외에도 문수보살(文殊菩薩)과 서천축(西天竺)의 아쇼카왕[阿育王]은 「화룡사구층탑(皇龍寺九層塔)」, 「화룡사장륙(皇龍寺丈六)」 등 『삼국유사』의 여러 일화에서 천축과 한반도가 깊은 인연으로 맺어진 나라임을 증명하기도 하였다.

이 시기에 한국인이 상상한 세계 지리는 역시 중국이 아닌 '천축'을 중심으로 하는 심상이었다. 우리와 천축 사이에 깊은 '인연'이 존재함을 강조한 것은 곧 탈중화의 도모였다. 이것은 우리의 땅을 불국토라 믿음과 동시에, '그렇지 못한 현실'을 천축에 기대어 승화시키고자 한 사상성을 지니고 있다.

> 인도에서는 하지가 되면 태양이 머리 바로 위에 위치하게 되어 어떠한 그림자도 생기지 않는다는 것을 알고는 인도(천축)를 '그림자 없는 나라'라고 찬탄하였다.
> ─『해동고승전』

고려의 고승 각훈(覺訓)이 저술한 『해동고승전(海東高僧傳)』은 삼국시대부터 각훈 당대까지의 고승 전기를 전하고 있다. 여기에서는 위의 인용문처럼 천축을 경험하고 온 승려의 전기를 통해, 태양을 기준으로 '천축'을 땅의 중심으로 판단하고 있다. 또한, 『해동고승전』에는 여러 승려들이 중국에서 진정한 스승을 구하지 못하여, 마침내 천축으로 떠나는 이야기들이 전한다. 세계

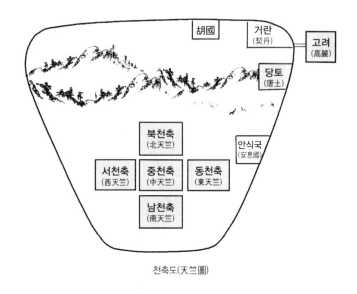

천축도(天竺圖)

의 중심이자, 진정한 불법의 공간은 중국이 아니라 '천축'임을 역설하고 있는 것이다.

1154년에 황문통(黃文通)이 찬한 고려 중기의 문신 윤포(尹誧)의 묘지명(墓誌銘)에는 '당의 현장법사가 쓴 『대당서역기』에 의해 「오천축국도(五天竺國圖)」를 찬진하였다.'는 내용이 있다. 일찍이 고려에서 불교계 세계지도가 제작되었던 것이다. 당 승려의 여행기가 고려 불교계에 끼친 영향이 실로 컸던 듯하다. 고려에는 오래전부터 현장과 관련한 자료가 『대당서역기』와 함께 유포되어 있었다. 따라서 불경에 밝았던 윤포가 『대당서역기』를 접한 것은 자연스러운 일이었을 것이다.

신역 경전과 『대당서역기』는 새로운 세계관과 상세한 지리 정보를 제공하였다. 이러한 원천은 탈중화의 새로운 세계 인식과 맞물려 '천축도'로 도식화되기에 이르렀다. 이를 통해 천축을 중심으로 하는 심상 지리는 신라시대에만 국한되지 않았으며, 고려에는 이에 대한 지도가 제작되기까지 하였다는 것을 알 수 있다.

그러나 조선시대에 들어 한반도는 유교를 정치체제로 삼아 사회에 자리매김하고자 하였다. 이로 인해 '중화'가 더욱 공고화되어, 천축 중심의 인식은 그 농도가 매우 옅어졌다. 그러나 그 흔적이 사라진 것은 아니었다. 불교계에서는 여전히 호불론의 주요 근거로 불교가 세계의 중심인 천축에서 발생한 종교임이 강조되었기 때문이다. 흔히 중세 시기의 동아시아 사회가 중화 세계에 점철되었을 것이라 생각하지만, 이렇듯 한편에서는 중심과 주변이라는 설정이 전복되는 면모가 지속되고 있었던 것이다.


일본인이 상상한 세계

주변부가 중심부를 전복하고자 하는 의식은 일본에서 보다 강렬하게 전개되었다. 일본은 한국과 마찬가지로 동아시아의 주변부에 해당하지만, 보다 독자적인 면모를 지니고 있었다고 볼 수 있다. 한·중·일은 지리적 인접 정도에 따라 문화적 인접 정도에도 차이가 있었다. 실제로 일본에서는 유교의 파급력이 약해 '중화사상' 역시 크게 위세를 떨치지 못하였다. 일본은 중국의 영향을 비교적 적게 받은 결과, 중심과 주변을 전복할 독자성을 기를 수 있었다.

이러한 면모는 불교의 수용 과정에서도 확인할 수 있다. 일본에서 불교는 토착 신앙과 공존하였다. 이는 중국이나 한국의 양상과는 다르다. 중국의 경우처럼 종교 간 갈등이 깊지 않았으며, 오히려 둘은 상호 영향 관계에 있었다. 외래 종교인 불교는 토착 신앙과 융합하여 일본 특유의 신불습합(神佛習合)의 신앙 형태를 갖추는 데 일조하였다. 또한, 한국의 경우처럼 고유의 신앙이 불교에 흡수되지 않고, 도리어 불교의 영향으로 체계화를 이룰 수 있었다. 이 과정을 끝에 정립한 일본 특유의 신앙을 '신도(神道)'라 한다.

> 대일본은 신국이다. 천조(天祖)가 처음으로 기반을 열어, 일신(日神)이 길이 통치권을 전하셨다. 이는 오직 우리나라에만 있을 뿐 다른 나라에는 그 유래가 없도다. 그러므로 신국이라 한다.
> – 『신황정통기』

한편, 일본인은 천황가가 신의 후손이며 그들의 나라는 신국(神國)이라 믿었다. 이러한 신국관(神國觀)은 기타바타케 지카후사(北畠親房)의 『신황정통기(新皇正統記)』에 극명하게 드러난다. 중세 일본인은 '우리나라[我國]'와 '다른 나라[異朝]'를 구분하여, 신의 후손이라는 지위에 따라 차등을 부여하였다. 주변부가 중심부를 전복하려는 의식이 이 시기에도 이미 내재해 있었던 것이다.

신국의 지위를 지닌 일본은 동아시아의 중심 지역인 중국과 동등하고자 하였다. 일본인이 중화를 뛰어넘는 방편은 바깥 세계에

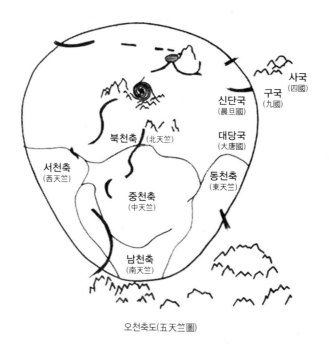

사국
(四國)

구국
(九國)

신단국
(晨旦國)

대당국
(大唐國)

북천축
(北天竺)

서천축
(西天竺)

중천축
(中天竺)

동천축
(東天竺)

남천축
(南天竺)

오천축도(五天竺圖)

대한 인식과 함께 구체화되었다. 이는 신국관이 불교의 세계관과 결합하여 마련된 '삼국관(三國觀)'을 통해 확인할 수 있다.

일본에는 '천축도(天竺圖) 계열'을 분류할 수 있을 만큼 많은 종류의 '천축 지리도'가 존재한다. 그중, 법륭사(法隆寺)에 소재한 「오천축도(五天竺圖)」는 일본에서 가장 연대가 오래되었다. 지도를 살펴보면, 동·서·남·북·중앙의 다섯 천축이 세계 지리의 대부분을 차지하고 있다. 동쪽 끝에는 중국을 지칭하는 신단국(晨旦國)과 대당국(大唐國)이 있고, 서쪽으로는 페르시아, 중앙아시아의 여러 나라가 나타난다.

동북쪽 바다 가운데에는 '구국(九國)'과 '사국(四國)'으로 표현된 일본이 있으나 한반도에 대한 지명은 빠져있다. 이는 당시 일본인의 삼국세계관에 입각해 한반도를 의도적으로 표시하지 않았기 때문이다. 고대 일본의 해외 인식은 한반도와 중국 등의 근방 지역에 머물렀다. 그러나 불교의 전래로 인해 일본인은 '천축'이라는 새로운 세계와 만나게 되었다. 이를 계기로 일본인은 세계가 일본과 중국, 천축으로 구성되어 있다는 자국 중심의 삼국세계관을 가지게 되었다.

한편, 전체 지도를 살펴보면 대지를 가득 메운 무수한 산들 사이로 주황색 선이 이어지는 것을 확인할 수 있다. 이것은 당의 구법승 현장이 629년 장안을 출발해 천산남로와 중앙아시아를 거쳐 인도의 각지를 돌아 본 17년간의 노정과 일치한다. 그리고 대지 바깥의 바다 부분에 곽을 두르고 흰 바탕 위에 서술한 내용은 『대당서역기』에 나오는 수많은 나라와 지명, 불교 사적들과 동일하다. 이를 통해 천축을 중심으로 하는 일본의 세계 지도 역시, 『대당서역기』를 기반으로 제작되었음을 알 수 있다.

일본인들은 여타의 동아시아인과 달리 입축 활동을 활발히 하지 않았다. 그럼에도 불구하고 '천축'을 포함하여 세계를 상상하고, 이를 도식화하는 데에는 누구보다 적극적이었다. 일본인은 불교의 세계관과 천축에 대한 지리 정보를 세계 상상의 원천으로 삼아, 자국의 우위성을 드러내고자 한 것이다.

# 동아시아, 지역과 세계의 만남

교통과 통신수단의 발달로 세계 각 지역은 국가의 틀을 넘어 지구화의 시대에 접어들었다. 그러나 그 규모와 전방위성의 정도에는 차이가 있을지라도, 지역과 세계의 만남은 이미 전근대부터 지속되고 있었다. 우리 동아시아인은 단순한 지리적 호칭을 넘어, 공동의 유산을 공유하며 하나의 문화권을 형성하였다. 또한, 동아시아라는 하나의 세계는 그에 속한 여러 지역과 상호작용하며 발전을 거듭하였다.

동아시아 세계의 특성은 동아시아 내부적 속성에서만 기인한 것은 아니다. 오히려 '천축'이라는 외부 세계를 경험하면서 새로운 사상과 문화, 세계관을 마련할 수 있었다. 특히, 한·중·일 사이에 위치 지어진 중심과 주변이라는 관계는 '천축'을 통해 역전되었다. 타 문명권과의 접촉이 동아시아 각 지역의 독자성을 고취하는 데에 큰 기여를 하였던 것이다.

흔히 우리는 동아시아 전근대의 지리도에는 과학적 자료를 수집한 것과 중화관에 입각한 심상 지리도만이 존재한다고 생각하여 왔다. 도식과 문헌에 실제로 존재하였던 또 다른 '세계'를 미처 파악하지 못하고, 전근대의 동아시아를 '중화'에 몰입하여 상상하였던 것이다. 그러나 앞에서 살핀 바와 같이, 전근대의 지역과 세계는 어느 것이 우위라 할 것 없이 지리적·문화적 측면에서 더욱 긴밀하게 소통하였다. 동아시아의 중심과 주변은 항상 전복의 가능성을 지닌 채 고유의 문화를 발전시켜 온 것이다. 이러한 모습은 지역과 세계의 상호의존이 높아지는 오늘날도 크게 다르지 않다. 그렇기에 우리는 지역과 세계의 소통에 항상 주의를 기울여야 할 것이다.

# 문학의 현장
# 속으로

미술가 사카타 기요코 인터뷰

소설가 사키하마 신 인터뷰

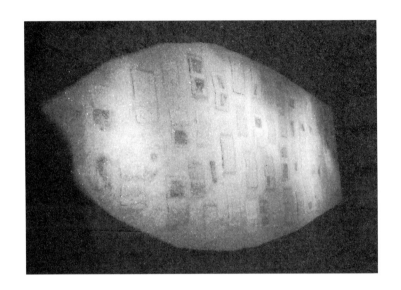

# 고통과 상처로 얼룩진
# 시공간을 잇다

### 오키나와 재주 미술가, 사카타 기요코 씨를 만나다

일시: 2016년 8월 10일 사카타 기요코 스튜디오

참가자: 고명철, 오세종, 곽형덕

인터뷰 정리: 곽형덕

이 인터뷰는 2016년 가을에 사카타 기요코 화가가 니이가타에서 김시종 시인의 『장편시집 니이가타』와 관련된 기획전 『대안에 대해서(about Opposite Shores)』를 열기 전에 이뤄졌다. 나(곽형덕) 또한 이 기획전에서 마련한 워크숍에서 발표를 하게 되면서 오키나와를 방문할 때 자연스레 만남이 이뤄졌던 것이다. 사카타 씨는 현재 오키나와에 살면서 전쟁과 평화, 삶을 둘러싼 다양한 조형예술과 관련된 전시회를 왕성하게 전개하고 있는 화가로, 한국에도 여러 번 방문하는 등 한일 간의 역사적 굴곡과 갈등에 깊은 관심을 표명하고 있다. 그런 사카타 씨에게 김시종 시인의 시집으로 기획전을 열게 된 취지와 미술 활동 전반에 대해 들어봤다.

● ● ●

## 사카타 기요코(坂田清子)

니이가타 출신의 화가로 오키나와현립예술대학 대학원에서 수학했으며 오키나와에 살면서 다양한 조형예술 전시회를 여는 등 왕성하게 활동하고 있다. 2016년에는 니이가타에서 재일조선인 시인 김시종의 〈『장편시집 니이가타』〉에 관한 기획전을 성공적으로 열었다.

**곽형덕**　이번 기획전을 하신다는 이야기를 듣고 선생님의 홈페이지를 방문해 이력을 본 후 깜짝 놀랐습니다. 제가 처음 기획전 이야기를 후지이시 다카요(니이가타 대학 교수) 선생님에게서 들었을 때 선생님이 오키나와에서 활동하고 계시리라고는 생각조차 하지 못했습니다. 이번에 트리콘에서 오키나와를 방문하면서 선생님과 뵐 줄은 꿈에도 몰랐습니다.

**사카타 기요코(이하 사카타)**　네, 게다가 제가 주말부터는 니이가타로 이동하기 바로 전에 오셔서 정말 반갑습니다. 저는 오키나와 민요를 듣고 오키나와로 유학을 오게 됐는데, 먼 곳으로 가게 돼서 부모님의 반대가 심했습니다. 오키나와로 미술로 유학을 가는 경우는 그리 많지 않기도 했고요.

**곽형덕**　이 스튜디오는 언제 여셨나요?

**사카타**　5년 반 정도 됐습니다. 3.11대지진 즈음이었습니다. 이 스튜디오를 열 때 단지 미술 작품을 만드는 공간만이 아니라 대안 공간으로서 오픈했습니다. 전시회는 물론이고 지역 공동체 내의 소모임을 여는 공간이기도 합니다.

**곽형덕**　오키나와에서 어떠한 미술 활동을 하시는지 알려주시기 바랍니다.

**사카타**  오키나와에는 현립 미술관 외에도 많은 개인 미술관이 있습니다. 남부에 있는 미술관에서 했던 전시 중 하나가 가족 단위로 온 분들과 함께 종이 접기를 해서 거기에 발광도료를 발라서 벽면에 부착하는 것이었습니다. 밤이 되면 다양한 모양으로 접은 전시물이 빛납니다. 오키나와 남부는 오키나와 전 당시에 가족 단위의 몰살이 많았던 곳입니다. 어둠 속에 빛을 비춰서 그때 당시 사라진 집이나 기억을 소환하려는 의도가 있습니다.

**고명철**  미술하시는 분이 김시종 시인의 『장편시집 니이가타』에 관심을 갖는 것이 쉬워보이지는 않습니다. 어떠한 계기가 있으셨나요?

**사카타**  제가 이 시집을 읽은 것은 5년 전쯤입니다. 제가 작년에 수유너머(인문학 연구공동체)에 간 적이 있는데 그대 한국어 번역본이 있다는 것을 알고 다시 한 번 읽어보았습니다. 그리고 이 시집이 과거만이 아니라 오키나와의 현재 상황과도 이어지는 시집이라는 사실을 깨닫게 됐습니다. 오키나와는 군사 기지의 섬으로 헤노코 등에서는 신기지 건설과 관련해 평화운동이 전개되고 있습니다. 하지만 그러한 현실은 본토의 미디어에는 거의 나오지 않습니다. 밖에서는 오키나와의 상황이 잘 보이지 않습니다. 그러한 고통스러움을 지닌 공간이라는 점에서 이 시집과 이어지는 부분이 있습니다. 고통스러움 속에서 이어져 있다고 해야 할까요.

**고명철** 고통과 상처로 이어져 있다는 것이군요. 아티스트로서 영감을 얻는 방법과 문자 텍스트를 조형 예술로 승화시키는 것 사이에는 간극이 있는 것 같습니다. 요컨대 재료가 다른 두 영역을 어떻게 이을 수 있는지를 알려주셨으면 합니다.

**사카타** 이전에도 소금의 결정을 소재로 사용했습니다. 소금이라는 것은 바다에서 나옵니다만 해수를 가져와서 소금의 결정을 만드는 전시회를 열었습니다. 소금의 결정은 표식이 되는 것이기도 하고, 눈물이기도 합니다. 그 소금의 결정을 김시종 시인의 시 위에 올려 놓는 작업을 이번에 하게 됐습니다. 또한 소금의 결정은 묘표이기도 합니다. 그 표식을 문자 하나하나에 올려놓는 작업입니다.

**곽형덕** 니이가타 출신인 것이 이 시집을 작업하게 된 배경의 하나였나요?

**사카타** 네 그런 것도 있습니다만, 김시종 시인이 시집 제목에 니이가타를 넣은 것에 감명을 받았습니다. 이 시집에는 니이가타에서만 쓰는 '간기'(적설량이 많은 니이가타 현에서 보행자의 통행을 확보하기 위해 고안된 것. 기러기 행렬처럼 들쭉날쭉한 요철이 양쪽에 있는 것이 특징)라는 말이 나옵니다. 한국어판 『장편시집 니이가타』에는 후지이시 다카요 씨가 찍은 간기 길 사진이 있습니다. 그 길에서 얼마 떨어지지 않은 곳에서 살아서 깜짝 놀랐습니다.

왼쪽에서 시계 방향으로 오세종, 사카타 기요코, 고명철, 곽형덕

海にかかる
橋を
想像しよう。
地底をつらぬく
坑道を
考えよう。
意思と意思とが
かみ合い
天体をもつなぐ
ロケットの
マッハの空間に
道を
上げよう。
人間の尊厳と

사카타 기요코 씨의 전시물. 시집 글자 하나하나에 직접 만든 소금 결정을 올리고 있는 모습

**고명철**  제가 생각할 때는 시 글자 하나하나에 소금 결정을 내려 놓는 작업 전체가 하나의 작품이 아닌가 생각합니다. 시인이 글자 하나하나를 써나가는 작업과 소금 결정 하나하나를 글자 위에 하나씩 놓는 과정은 상당히 유사한 것 같습니다.

**사카타**  저는 이번 기획전을 준비하면서 20분짜리 영상을 제작했습니다. 그 영상에도 소금 결정을 시 위에 올려놓는 작업이 나옵니다. 그 작업에는 소금 결정을 올려놓으며 아주 천천히 시어를 읽습니다. 그렇기 때문에 무슨 소리를 하는지 잘 알 수 없습니다. 한국어 번역본에도 똑같은 작업을 했습니다. 한국어 또한 낭송하는 작업을 했습니다. 그때 문자 텍스트와는 다른 물질성을 지닌 일본어와 한국어 음성이 서로 섞여서 전혀 다른 차원의 대상이 된다고 생각합니다.

**고명철**  이전에 오세종 선생님이 오키나와 전과 제주 4·3의 연결되는 지점을 참호나 갱도, 동굴 등으로 설명했던 적이 있습니다. 그런 점에서 조형예술로써 눈에 보이는 형태로 역사의 고통과 상처, 연대를 표현해 낸 이번 전시는 대단히 의욕적이고 의미 깊은 시도라 생각됩니다.

**곽형덕**  김시종 시인의 고향이 이와나미에서 나온 자전 〈조선과 일본에 살다〉에서부터 원산이 아니라 부산으로 수정돼 있습니다. 그 이전에 나온 책에는 모두 원산으로 표기돼 있어서 약간 혼란스럽습니다. 이번 전시회 팸플릿에도 부산으로 표기돼 있습니다.

**오세종** 저도 그것을 보고 의아하게 생각했습니다. 시인 본인에게 여쭤봐야 할 것 같습니다.

**곽형덕** 이번 니이가타에서 열리는 기획전과 전시회에는 상당히 다양한 행사가 예정돼 있는 것 같습니다.

**사카타** 네 이번 전시회에는 두 개의 주최 단체가 있습니다. 사큐칸이라는 미술관과 오키나와국제정보대학에서 각각 전시회와 강연회를 엽니다. 김시종 시인의 강연회는 정원이 150명이나 돼 놀랐습니다.

**오세종** 김시종 시인의 강연회 등을 따라다니는 고정 팬이 있습니다.

**고명철** 사카타 선생님은 어린 시절에 귀국사업과 관련된 일련의 움직임을 본 적이 있으십니까?

**사카타** 저는 본 적이 없습니다. 다만 학창 시절에 재일조선인 친구들이 많이 있었습니다.

**오세종** 사카타 선생님이 김시종 시인과 처음 만난 것은 언제였습니까?

**사카타** 올해 3월입니다. 처음에는 너무 긴장했지만, 김시종 시인께서 상냥하게 대해주셔서 금방 친해질 수 있었습니다.

**곽형덕** 한국의 학문이나 예술은 서양이라는 프리즘을 통과해야 좀 더 인정받는 분위기가 있습니다. 특히 학문 분야에서는 미국 유학, 미술에서는 유럽 유학 등의 엘리트 코스가 있습니다. 일본이나 오키나와의 미술계는 어떤지요?

**사카타** 제가 공부한 오키나와현립예술대학에도 국제교류나 유학 제도가 있습니다. 다만 유학을 가는 나라는 유럽이나 미국이 아니라, 아시아 나라들입니다. 인도네시아, 필리핀, 싱가폴, 중국 등 아시아 국가로 가는 것이 일반적입니다. 그리고 미술계도 지역화되는 경향이 있습니다. 오키나와의 미술은 더욱 그런 경향이 강합니다.

**고명철** 제주도에도 강요배 화가나 박경훈 화가 등이 오키나와에 다녀가는 등 오키나와 미술계와 교류하고 있습니다. 선생님은 아직 제주도에 한 번도 와보신 적이 없다고 하셨습니다만, 언젠가 제주도 미술가들과 교류할 날이 오기를 기대합니다. 제가 제주도에 가서 선생님과 제주도 미술가를 연결시켜 드리겠습니다.

# 새로운 오키나와문학의
# 창출을 둘러싸고

소설가 사키하마 신 인터뷰

일시: 2016년 여름 오키나와대학 도서관장실
참가자: 고명철, 오세종, 곽형덕
인터뷰 정리: 곽형덕

사키하마 신은 촉망받는 오키나와의 신예 소설가로 활동 중이다. 오시로 다쓰히로, 마타요시 에이키, 사키야마 다미, 메도루마 슌 등 일본 본토에서도 큰 주목을 받은 이들 작가 이후에 좀처럼 주목받는 신인이 오키나와에서 나오지 않는 상황에서 사키하마 신은 등장했다. 지난 오키나와 방문에서 사키하마 신 작가를 주목한 이유이기도 하다. 또한 사키하마 작가는 선배 작가와 달리 오키나와적인 것을 작품 세계에서 극구 회피하는 방식의 창작 전략을 취함으로써 기존의 오키나와문학과는 새로운 문학적 방법론을 보여주고 있다. 사키하마 작가와 오키나와의 현실을 둘러싸고 펼쳐진 창작 활동에 대해서 심도 있는 이야기를 나눴다.

● ● ●

### 사키하마 신(崎浜慎)

1976년에서 오키나와에서 태어났다. 2007년 류큐신보 단편소설상 「산딸기」, 2010년 신오키나와문학상 「숲」, 2011년과 2016년에는 규슈학술제 문학상 오키나와 지구 우수상을 수상했다. 오키나와문학의 차세대 작가로 주목을 받고 있다. 한국작가회의 기관지 『내일을 여는 작가』에 「숲」이 번역돼 실렸다.

**곽형덕** 이번 오키나와 방문은 작가들과 만나 오키나와문학에 대해 의견을 나누고 향후 교류를 위한 물꼬를 트기 위한 것입니다. 이를 위해 트리콘 회장인 고명철 선생님과 함께 왔습니다. 류큐대학의 오세종 선생님도 함께 해주셔서 감사합니다.

**사키하마** 저야말로 이렇게 멀리서 찾아와주셔서 정말 기쁩니다. 한국에서 오셨다고 하니 최근 영어로 번역된 한강의 『채식주의자』에 대해서 조금 이야기를 나누고 싶습니다. 이 책의 영역본을 친구가 줘서 읽었는데 술술 잘 읽히는 소설이었습니다. 해외에서 번역돼 각광을 받는 소설은 무라카미 하루키의 소설처럼 번역되기 쉽고 잘 읽히는 것이 많더군요.

**고명철** 한강은 한국에서 분단문학이나 노동소설을 쓰던 선배 작가들과는 다른 방식으로 소설을 쓸 수밖에 없는 세대에 속해서 작품 활동을 시작했습니다. 사키하마 작가도 선배 작가들과는 완전히 다른 환경 속에서 작품을 쓰고 있다고 보는데 어떠신지요?

**사키하마** 저는 특히 마타요시 에이키, 사키하마 다미, 메도루마 슌의 영향을 많이 받았습니다. 어떤 의미에서는 이들 작가들이 오키나와적인 문학의 많은 부분을 이미 다 써버렸다는 생각도 들어서 절망하기도 합니다. 그런 의미에서 저는 선배 작가들과는 다른 방식의 문학적 실천을 해나갈 수밖에 없습니다.

**곽형덕** 오시로 다쓰히로 선생님으로부터는 별로 영향을 받지 않으셨나요?

**사키하마** (웃음) 오시로 선생님은 전후 오키나와문학의 대표적인 작가이기도 해서 존경하고 있습니다. 하지만, 역시 저하고는 좀 먼 느낌입니다. 그래서 오시로 선생님보다 더 가까운 존재로 느껴지는 마타요시, 사키하마, 메도루마 이 세 작가에게 많은 영향을 받았습니다.

**곽형덕** 좀 더 구체적으로 묻겠습니다. 제가 『오키나와대학문학(沖大文學)』(동인지)을 읽고 확인한 것은 젊은 세대 작가들이 선배 세대의 문학과 다른 새로운 오키나와문학을 창출하기 위해 치열하게 고민하는 모습이었습니다. 제가 사키하마 선생님의 소설 「산딸기」나 「숲」을 읽고 놀란 것은 작품에 오키나와의 지명이나 고유명사 등이 하나도 나오지 않는다는 사실입니다. 물론 오키나와 전쟁과 관련된 내용도 없습니다. 이렇게 철저하다고 할 정도로 오키나와적인 것을 지워낸 소설을 쓰시는 이유가 있으신지요?

**사키하마** 저는 20대 무렵에 오키나와적인 것에 대해 반감을 지닌 세대에 속합니다. 그래서 고등학교를 졸업한 후에는 호주로 유학을 떠났습니다. 하지만, 오키나와에서밖에 살 수 없겠다 생각하고 다시 고향으로 돌아왔습니다. 역시 스스로 납득할 수 없거나 체화되지 않은 부분을 소설로 쓸 수는 없습니다. 올해(2016년) 전

오키나와 대학 도서관장실에서 이뤄진 인터뷰 장면

후 70주년을 맞아서 젊은 작가 7~8명 정도가 '전후 70주년 오키나와문학'이라는 제목하에 연재소설을 실었습니다. 제 순서가 여섯 번째였는데, 제 앞에 쓴 다른 다섯 분은 모두 오키나와 전이 소재입니다. 당초 테마도 정해지지 않았고 자유롭게 소설을 쓰라는 요청을 받았지만, 어째서인지 모두 입을 맞춘 것처럼 오키나와 전으로 소설을 썼더군요. 저는 그런 식의 일률적인 창작 태도는 납득하기 힘들었습니다. 대부분의 소설이 오키나와 전의 참상을 평면적이고 적나라하게 쓰고 있습니다. 그런 식으로 직접적으로 소설을 쓰는 것은 좋지 않다고 생각합니다. 결과적으로 제 소설인 「도깨비 불」만이 오키나와 전과 관계가 없는 소설이었습니다. 그런 의미에서 의도적으로 오키나와적인 것은 쓰지 않겠노라는 의식이 제 안에 있는 것만은 분명합니다.

**고명철**  선생님의 말씀을 듣고, 오키나와의 젊은 작가들이 한국과 비슷한 상황에 처해 있다는 것을 알게 됐습니다. 한국의 젊은 작가들도 선배 세대와는 달리 한국전쟁 등을 이야기하지 않으려 하는 등, 선배 작가와는 다른 방식의 문학을 만들어가려 하고 있습니다. 그런 의미에서 사키하마 선생님의 작품 세계는 어떤 면에서는 추상도가 높은 소설이라고 생각합니다. 그런데 그러한 추상도가 언어의 추상도인지, 혹은 기법상의 추상도인지, 혹은 등장인물과 관련된 것인지 좀 더 구체적으로 알려주셨으면 합니다.

**사키하마**  제 안에서 명확하게 설명이 잘 되지 않는 부분이 있습니다. 제 실존적인 고민과 이어진 문제라 설명하기 쉽지 않네요. 저는 제가 오키나와적인 것을 과연 써도 될까 하는 의문을 품고 있습니다. 그래서 일부러 오키나와 방언을 소설에도 전혀 넣지 않고 있습니다. 오키나와에 기대서 소설을 쓰고 싶은 생각은 없습니다. 그렇다고 해서 오키나와로부터 완전히 벗어날 수 있는 것도 아닙니다. 고등학교 시절 저는 오키나와가 싫어서 밖으로 나갔습니다. 해외 유학을 했습니다만, 결국 오키나와로 돌아왔습니다. 오키나와를 그렇게 좋아하지 않지만, 이곳 이외에 살아갈 장소가 제게는 없다고 느꼈습니다. 증오와 애정이 뒤섞였다고 해야 할까요? 제 부모님이나 저나 오키나와 사람이지만, 무조건적으로 "오키나와 사람 만세"라는 식으로 저는 말할 수 없습니다.

**곽형덕** 세 명의 선배 작가에게 반발하는 부분과 존경하는 부분이 뒤섞여 있는 것 같습니다. 이들을 어떻게 평가하시는지요? 선배 작가가 동석하고 있지 않으니 자유롭게 말씀해 주시기 바랍니다.

**사키하마** (웃음) 세 분은 기본적으로 훌륭한 소설을 썼다고 생각합니다. 장단점이 있겠죠. 마타요시의 초기 작품은 대단히 뛰어나지만, 최근 작품을 과연 그렇게 평할 수 있는지는 모르겠습니다. 아쿠타가와상을 받은 이후에는 현실에 존재하지 않는 원시적인 섬에서의 생활을 그리는 등 약간 후퇴했다고 생각합니다. 저는 잘 알 수 없는 세계입니다. 아마 본인도 그런 변화를 심각하게 인식하고 있으리라 봅니다. 얼마 전에 『월경광장(越境廣場)』에 실린 마타요시의 소설은 그런 점에서 최근 작품과는 많이 달랐습니다. 메도루마는 초기 작품은 좋았지만 최근 작품은 평가하기가 힘듭니다. 최근에는 소설을 거의 쓰고 있지 않습니다. 최근 메도루마는 소설을 쓰기보다는 현장에서 싸워야 한다고 말하고 있습니다. 언어/말에 대한 신뢰를 읽어가면서 쓰는 것보다는 행동하는 방향으로 나아가고 있습니다. 그렇게 말하기 시작한 후부터 메도루마 소설의 힘도 약해지기 시작했습니다. 저도 그 이후의 소설은 좋지 않게 느끼고 있습니다. 사키야마 작가에 대해서는 제가 드릴 말씀이 없습니다. 석사 논문에서도 다른 작가로, 앞으로 어떤 작품을 써나갈지 기대가 큽니다.

**곽형덕** 저는 사키하마 선생님의 작품이 마타요시나 메도루마의 작품 세계와는 상당히 다르며, 애써 말하자면 사키야마의 작품 세계에 근접한 것이 아닐까 합니다.

**사키하마**  그건 제가 사키야마 소설에 가장 큰 영향을 받았기 때문에 타당한 추론이라고 생각합니다. 다만 영향을 받았다고는 해도 똑같은 소설을 쓸 수는 없습니다. 사키야마가 쓰는 언어의 질감(다양한 언어를 뒤섞은 문체)은 따라하고 싶지만 모방이 불가능합니다. 그래서 제 나름대로 오키나와 방언을 쓰지 않고 문장을 만들고 있습니다.

**곽형덕**  사키야마 선생님은 소설에서 오키나와 방언을 쓰지요?

**사키하마**  네 그렇습니다. 꽤 많이 넣고 있습니다. 저는 의식적으로 쓰고 있지 않습니다.

**고명철**  오키나와 방언을 의식적으로 쓰지 않는다면, 야마토(일본 본토)의 언어로 자기 문학을 한다고 봐도 될까요? 물론 추구하는 정신이나 내용은 다르겠지만, 작가는 언어로 문학을 확립하고 싸워나갑니다. 그렇게 볼 때, 야마토의 언어(문어체)를 고집해서 문학 활동을 하는 이유가 궁금합니다. 제주의 작가들이 제주의 말을 계속 사용하는 이유는 정체성을 지키는 데 언어보다 유효한 수단이 없기 때문입니다.

**사키하마**  굉장히 어려운 문제라 생각해요. 문학의 언어가 바로 아이덴티티의 창출로 이어지는 것인지 여러모로 생각해 보게 됩니다. 우치나구치(오키나와 말)라 해도 과거에 사용되던 '순수'한 언어가 아니라, 역시 우치나야마토구치(오키나와 말과 야마토의 말이 뒤섞인 형태의 언어)입니다. 언어는 역시 변하기 때문에 현재는 이것이 바로 우치나구치다 하고 문학의 언어로 확정하는 것은 불가능합니다. 또한 세대의 문제도 있습니다. 저는 이제 마흔 살입니다. 제가 속한 세대는 우치나구치를 못합니다. 어느 정도 듣기는 됩니다만 말은 할 수 없습니다. 그건 학교에서도 역시 마찬가지입니다. 대중매체의 영향도 있어서, 태어났을 때부터 일본어를 듣고 배우고 자랐습니다. 하지만 제가 말하는 일본어 어딘가에 오키나와 사람들만의 일본어가 있어서 본토에서 규정하는 '올바른' 일본어와는 다른 속성이 있을 겁니다. 그러므로 태어난 후부터 계속 일본어를 쓰고 있지만, 역시 어색해서 말이 잘 나오지 않을 때가 많습니다. 그런 면에서 보자면 제가 쓰는 일본어 문장에 오키나와인으로서의 아이덴티티가 자연스레 녹아들어 있을 수도 있습니다.

**고명철**  오키나와의 일본어와 야마토의 일본어가 다르다는 부분에 대해서 오세종 선생님께 보충 설명을 들었으면 합니다. 한국에서는 제주도 사람들이 쓰는 한국어 소설과 서울에서 쓰는 한국어 소설이 다르지 않다고 보통 인식합니다. 김석범이나 김시종의 일본어의 경우에도 비균질적인 일본어 공간이 존재하는 것인지 궁금합니다. 한국문학 속에서 제주 작가들이 쓰는 표준어는 서울에서 쓰는 표준어와 다르지 않습니다. 사키하마 선생님이 말씀하신 언어의 질감 차이를 좀 더 자세히 설명해 주셨으면 합니다. 그건 어감의 문제입니까? 아니면 의미론의 문제일까요?

**오세종**　오키나와적인 일본어라고 할 때, 역사적인 측면이 있다고 생각합니다. 재일조선인문학의 경우, 김시종이 재일조선인의 '일본어'가 있다고 말한 적이 있습니다. 조선인이 일본어로 말은 하고 있지만, 일본어를 배우는 과정에서 또 다른 '일본어'가 생겨났다고도 말할 수 있는 것이 아닐까요? 그것이 김시종의 일본어이기도 합니다.

**사키하마**　방금 하신 말씀을 듣고서 작년인가 히토쓰바시대학에서 김석범 작가와 만났던 기억이 떠올랐습니다. 그때 강연이 끝나고 술자리에서 인사를 드렸습니다. 제가 "오키나와에서 소설을 쓰고 있습니다."라고 말씀을 드렸습니다. 그랬더니 "일본어로 소설을 쓰시게."라는 대답이 돌아왔습니다. 그건 저에 대한 조언이었는데 무게가 있는 말이라서 꽤 강렬하게 다가왔습니다. 왜 그렇게 말씀하셨는지 긴 설명을 듣지 않고서도 잘 알 수 있었습니다. 김석범 작가나 저나, 복잡한 생각을 품고 있지만, 일본어로 쓸 수밖에 없다고 생각합니다. 그렇게 쓸 수밖에 없는 역사의 무게가 느껴졌다고 해야 할까요. 그런 역사의 무게가 느껴지는 일본어입니다. 저 또한 그것을 지향하고 있습니다.

**고명철** 언어의 의미론적인 맥락에서 야마토의 일본어를 생각한다면 지금 하신 말씀은 일리가 있다고 생각합니다. 참고로 제주에는 김수열 시인이 있습니다. 이 시인은 역사적인 무게를 지닌 제주어로 시를 써오다가 그것만으로는 여러모로 한계가 있다고 밝히고 있습니다. 그래서 후배 세대는 새로운 제주어를 발명했다고 할까요? 언어론적인 실험이라고 할 수 있습니다. 만들어진 방언을 써서 새로운 문학을 창출하고 있습니다. 이런 식의 노력이 오키나와문학에도 있는지요?

**사키하마** 다만 그런 식의 시도는 언어유희 수준에서 머물지도 모른다는 위험성이 상존합니다. 그런 부분은 주의를 해가며 구사해야겠지요. 오키나와에서 그것을 가장 노련하게 구사하는 작가가 사키야마 다미라고 생각합니다. 언어유희가 아니라 아슬아슬한 부분에서 이를 문학적 언어로 상승시키고 있습니다.

**곽형덕** 오키나와문학에 나타난 우치나구치에 대해서 저도 한 말씀 드리고 싶습니다. 계속 저희가 화제로 삼고 있는 마타요시, 메도루마, 사키야마 작가의 예를 들어보고 싶습니다. 마타요시는 작품 속에 우치나구치를 정말 최소한도로 넣고 있습니다. 그걸 몰라도 추측할 수 있고 잘 알 수 있습니다. 토를 달아 놓는 식이라서 정말 알기 쉽습니다. 이에 반해, 메도루마 슌 작품 속의 우치나구치는 일본어 독자에게는 벽입니다. 저는 도쿄에서 유학을 했기 때문에 어쩌면 일본 본토의 독자와 거의 같은 체험을 하고 있는지도 모르겠습니다. 메도루마 슌의「마아가 바라본 하늘」을 읽으면 도중에 벽에 부딪치듯이 우치나구치에 부딪치게 됩니다. 메도루마가 우치나구치만을 넣는 부분은 화자가 이야기를 해 나가는 중에 가장 심각한 부분입니다. 오키나와의 역사적 기억 속에서 트라우마에 해당되는 부분에 등장하는 메도루마 문학 속의 우치나구치는 '공통어'만을 아는 독자에게는 벽이라 할 수 있습니다. 마지막으로 사키야마의 우치나구치는 꽤 균형이 잡혀 있다고 생각합니다. 어려운 부분도 있지만, 그렇다고 해서 메도루마 소설에 나오는 우치나구치처럼 '위화감'이 느껴지는 것은 아니라 생각합니다. 메도루마 소설 속에 등장하는 우치나구치는 일본어 독자를 곤혹스럽게 만들고 있다고 생각합니다.

사키하마 작가께서는 방금 우치나구치를 의식적으로 전혀 넣지 않는다고 말씀하셨습니다. 그렇게 본다면 본토의 일본어독자는 작품을 읽으면서 벽과 부딪치지 않아도 됩니다. 본토의 독자가 이질적인 느낌을 받으면서 사키하마 문학을 읽을지에 대해서 전 좀 부정적입니다. 그런데 현재 오키나와의 젊은 작가는 우치나구치를 작품 속에 넣지 않는 것이 일반적인지요?

**사키하마** 아닙니다. 넣고 있습니다. 마타요시처럼 간단히 넣는 식입니다. 저는 그런 방식은 하나의 패션이라고 생각합니다. 오키나와다운 분위기를 간단히 만들어내기 위한 것이라고 할까요.

**곽형덕** 표현자 앞에서 다른 표현자 이야기를 계속하는 것은 저

어됩니다만, 메도루마나 마타요시는 자신의 어린 시절이나 청년 시절 체험 혹은 가족의 전쟁 당시 체험을 써서 작가가 됐습니다. 혹시 자신의 체험을 쓸 계획은 없으신지요?

**사키하마**  저희 세대 작가들에게는 메도루마나 마타요시 세대처럼 작품의 중핵이 될 수 있는 체험이 없다고 생각합니다. 물론 아무것도 없음을 쓰면 되겠지만, 그것은 쉬운 일이 아닙니다. 태어났을 때부터 미군 기지가 일상으로 존재했으며 오키나와 전을 체험했던 것도 아닙니다.

**곽형덕**  문학 작품의 형상화는 체험만의 문제로만 귀결되는 것이 아니라 생각합니다. 메도루마도 체험하지 않은 오키나와 전에 대해서 집요할 정도로 쓰고 있다는 점에서, 작가가 처한 사회의 분위기나 구조가 더 직접적으로 영향을 미치는 것이라는 생각이 듭니다.

**사키하마**  마타요시도 1960년대와 1970년대라는 역동의 시대를 살았습니다. 그들은 싸우는 오키나와가 전면에 등장했던 시대의 한복판을 통과했습니다.

**고명철**  저는 유럽 출신의 젊은 작가(30~40대)와 만난 적이 있습니다. 제가 당신들은 2차 세계대전을 경험하지도 않았는데 어떻게 끊임없이 그것을 그릴 수 있냐는 질문을 던졌습니다. 그랬더니 우리가 2차 세계대전을 쓰지 않으면 미국의 상업문학과 다를 바가 없지 않나? 체험은 하지 않았지만, 우리는 그것을 어떻게 표현하면 좋을지 고민하고 있다는 답변이 돌아왔습니다. 자신들의 감각으로 무겁지 않게 표현하는 방법을 찾고 있다고도 했습니다. 그런데 참으로 이상한 것이, 아시아 쪽으로 시선을 돌려보면 베트남의 젊은 작가들도 베트남전쟁을 체험하지 않았기에 그로부터 거리를 두려 한다는 말을 합니다. 한국의 젊은 작가들도 마찬가지입니다. 왜 아시아와 유럽의 젊은 작가 사이에 이런 차이가 생기는 것인지 궁금해집니다.

**사키하마**   오키나와의 작가라면 전쟁에 관한 작품을 피해 갈 수 없다고 생각합니다. 문제는 어떻게 그것을 표현해 낼 수 있는가입니다. 지금 현재 오키나와에서 벌어지고 있는 일들을 그리면 그것이 오키나와 전의 기억과 이어지기에 그에 대해서는 훗날 쓸수 있겠지요.

**곽형덕**   조금 다른 질문입니다. 오키나와에 젊은 작가들의 모임 같은 것이 있는지요?

**사키하마**   전혀 없습니다. 각자 개별적으로 작품 활동을 하고 있습니다. 저는 동인지에 참여하고 있습니다. 그런데 네 명의 동인 중 저만 40대고 초반이고 나머지 분들은 모두 60이 넘었습니다.

**곽형덕** (웃음) 마타요시 작가를 만나면 오키나와의 차세대 작가를 키워야 한다는 소명의식 같은 것을 느낍니다.

**사키하마** 네, 그런 발언을 자주 하시고 있고, 마음도 전달됩니다.

**곽형덕** 메도루마 작가로부터는 그런 이야기를 들은 적이 없습니다.

**사키하마** (웃음) 네 그렇습니다. 자연스레 역할 분담을 하고 있는 것은 아닐런지요. 오시로 선생님은 젊은 작가를 키우려는 생각이 컸습니다. 그 수혜자들이 마타요시와 메도루마라고 생각합니다.

**고명철** 작가로서의 문제의식이라고 해야 할지 계속 추구하고 있는 고민거리나 핵심이 있다면 어떤 것인지요?

**사키하마** 오키나와로부터 멀어져서는 안 된다는 것과 나만의 오키나와를 그려내야 한다는 것입니다. 오키나와를 비판적으로 보며 계속 쓰겠습니다.

**곽형덕** 저는 사키하마 작가의 작품에서 숨쉬기 힘든 폐쇄감 같은 것을 느꼈습니다. 그것은 오키나와 사회를 억누르는 미군이나 일본 본토와의 관계와 직접적으로 이어진 것이기도 하겠죠?

**사키하마**  오키나와에서는 살기 힘든 부분이 있습니다. 폐쇄적이라고 해야 할까요. 폐쇄된 공동체가 작은 단위로 각기 있어서 그 안에서 잘 벗어나려 하지 않습니다. 저는 그런 부분을 좋아하지 않습니다. 우치나구치를 쓴다는 것도 그런 폐쇄된 상황을 만들어 낼 위험성이 있습니다.

**고명철**  조금 다른 이야기지만, 일본 본토에는 기담 등이 있어서, 귀신(유령)이나 신비한 존재가 등장하는 소설이 꽤 됩니다. 오키나와문학 전반에도 그런 소설이 많은지요?

**사키하마**  오키나와문학에도 그런 패턴이 있다고 생각합니다. 제가 쓴 「숲」도 죽은 사람이 되살아나 돌아오는 내용입니다. 그런 소설을 쓰자 역시 오키나와 소설답다는 평가를 받았습니다. 그 평가에 저는 맥이 풀렸습니다. 오키나와의 조상 숭배 등이 생활에 뿌리 깊이 박혀 있기 때문에 저도 그로부터 완전히 무관할 수는 없습니다. 의식적으로는 거부하지만 역시 자연화된 부분이 있습니다. 그러고 보니 「불덩어리」라는 제 소설에도 신비한 존재가 나옵니다. 그러고 보면 의식적으로 회피하지만 결국 쓰고 말았네요.

**곽형덕**  이야기가 계속 바뀌어서 죄송합니다. 오키나와문학과 일본 본토의 문학상의 역학 관계로 오키나와문학의 내실이 바뀐 부분도 있다고 생각합니다. 오시로 다쓰히로, 히가시 미네요, 마타요시 에이키, 메도루마 슌은 아쿠타가와상을 수상했지만 사키야마 다미는 수상권에만 들고 결국 받지 못했습니다. 이에 대해서 사키야마 다미는 어떻게 생각하는지요?

**사키하마**  사키야마 작가는 자신이 받지 못해 다행이라고 했습니다. 아무래도 그렇게 큰 상을 받다 보면 자신의 이후 작품 세계에도 영향을 받기 마련입니다. 본토에서 원하는 오키나와 이야기를 완전히 거부할 수 없게 되는 측면이 생깁니다. 그런 영향에서 벗어날 수 없는 작가도 있습니다.

**곽형덕**  오키나와에 와서 항상 이런 질문을 드려서 죄송스럽게 생각합니다. 최근 오키나와 독립론이 다시 대두되고 있습니다. 젊은 작가로서 오키나와는 독립을 해야 한다던가 …… 제가 던져 보니 어려운 질문이군요. (웃음) 이런 부분에 대해서 어떻게 생각하시는지요?

**사키하마**  최근의 일본 본토를 보고 있으면 하루빨리 멀리 떨어져 나가서 독립을 하는 편이 좋다고 생각합니다. 다만, 최근 오키나와에 등장한 류큐독립학회와 같은 방식으로 우치난추(오키나와 사람)만을 대상으로 한 좁은 독립론보다는 범위를 더 넓혀서 열린 방식으로 해야 한다고 생각합니다. 유연한 방식의 독립론을 저는 지지하고 있습니다.

**곽형덕**  메도루마 작가도 독립론자라고 생각합니다. 후배 작가로서 어떻게 보시는지요?

**사키하마**  저는 메도루마의 독립론에 찬성합니다.

**곽형덕**  류큐독립학회라는 곳에 대해서 이야기를 들었던 적이 있습니다. 호적을 오키나와에 두고 있지 않으면 가입 자체가 안 된다고 알고 있습니다. 제가 가입하려고 하면 거절당하겠지요?

**사키하마**  (웃음) 네 그 자체가 불가능하지 싶습니다. 그들은 국가를 만들고 싶어 합니다. 하지만, 오키나와 대부분의 사람들은 현재 상태에 만족하고 있어서 독립하지 않아도 된다고 생각하고 있습니다.

**고명철**  사키하마 작가의 작품은 아직 한국에 한 작품도 번역돼 있지 않습니다. 혹시 한국에 번역이 된다면 어떤 작품이 먼저 나왔으면 좋겠는지요?

**사키하마**  제 작품은 짧은 것이 많습니다. 편집자 쪽에서 짧게 써 달라고 해서 15매 정도 되는 소설이 있는데, 다른 작가들은 길게 써서 보내도 통과된 것을 보면 저도 그렇게 할 걸 그랬다고 후회가 되기도 합니다. (웃음) 제 소설 중에서 「산딸기」나 「숲」은 조금 긴 편입니다.

**고명철**  저는 한국작가회의 평론분과 위원장이면서 『제주작가』의 편집위원이고, 이 두 분은 작가회의 기관지 『내일을 여는 작가』의 편집위원입니다. 그렇게 보면 이 모임은 트리콘 주최의 인터뷰지만, 작가회의와도 겹쳐 있습니다. 우선 작가회의 기관지에 작품을 번역해서 실으면 어떨까 합니다. 그렇게 해서 젊은 사람들이 중심이 돼 계속 교류를 해가고 싶습니다.

**사키하마**  정말 좋은 생각입니다. 제주도의 젊은 작가들의 작품도 일본어로 번역돼 제가 읽을 수 있었으면 좋겠습니다.

**고명철**  『월경광장(越境廣場)』의 작품과 『제주작가』의 작품을 서로 교환하는 형식으로 교류를 해보면 어떨까 합니다. 『월경광장』은 일 년에 두 번 발행되니 시기를 맞춰서 시나 소설을 일 년에 한두 번 바꿔서 실으면 어떨까요?

**사키하마**  저도 『월경광장』 측에 이야기를 해보겠습니다. 꼭 언젠가 실현됐으면 합니다.

**고명철**  저도 노력하겠습니다. 오늘 바쁘신 데 오랜 시간 동안 시간을 내주셔서 정말 감사합니다. 오늘 이 모임이 오키나와문학과 한국문학의 젊은 세대 교류에서 큰 분기점이 되리라 생각합니다. 긴 교류의 시작점이 되기를 바랍니다. 감사합니다.

트리콘 세계문학 총서 **1**

# 새로운 세계문학 속으로

2017년 7월 14일 초판 1쇄 펴냄

**지은이** 고명철·곽형덕·박소영·신양섭·우석균·이효선·조혜진·최빛나라
**펴낸이** 김흥국
**펴낸곳** 도서출판 보고사

**책임편집** 황효은
**표지디자인** 손정자

**등록** 1990년 12월 13일 제6-0429호
**주소** 경기도 파주시 회동길 337-15 보고사 2층
**전화** 031-955-9797(대표), 02-922-5120~1(편집), 02-922-2246(영업)
**팩스** 02-922-6990
**메일** kanapub3@naver.com / bogosabooks@naver.com
http://www.bogosabooks.co.kr

ISBN 979-11-5516-701-4 94800
ⓒ 고명철·곽형덕·박소영·신양섭·우석균·이효선·조혜진·최빛나라, 2017

정가 12,000원